* 이 책은 작가 특유의 문체를 살렸습니다.

니가 뭔데 아니… 내가 뭔데

지은이 후지타 사유리
펴낸이 임상진
펴낸곳 (주)넥서스

초판 1쇄 발행 2018년 12월 5일
초판 3쇄 발행 2020년 11월 30일

출판신고 1992년 4월 3일 제311-2002-2호
주소 10880 경기도 파주시 지목로 5
전화 (02)330-5500 팩스 (02)330-5555

ISBN 979-11-6165-510-9   03810

 * 이 책은 『눈물을 닦고』의 완전 개정판입니다.
www.nexusbook.com

니가 뭔데   아니…   # 내가 뭔데

후지타 사유리 글·그림

넥서스BOOKS

해외에 나와 산 지 약 10년이 되었다. 모국에 있었다면 겪지 못할 다양한 경험을 하면서 나 스스로와 대화하는 시간을 많이 갖게 되었다.

내 속에 있는 다른 내가, 부족함이 많은 나에게 말을 걸기 시작했다. 가끔 그 소리가 거슬려 양손으로 귀를 막아 보기도 했지만 멈추지 않았다. 사실 이 책 속의 이야기는 나 자신에게 가장 해 주고 싶은 말들이다.

이 책은 교과서도, 성경책도 아니다. 경험을 통해 마음으로 느낀 진심을 담았다. 내 글이 공감이 되는 사람도, 공감되지 않는 사람도 모두 반갑다. 나는 내 글을 읽는 사람의 생각도 매우 중요하다고 생각하기 때문이다.

사람마다 가슴속에 가지고 있는 정답이 다르다. 그 정답을 통해 자신이 어떤 사람인지 알게 된다. 나는 이 책을 통해 나의 정답과 당신의 정답을 함께 나누고 싶다.

목차

 니가 뭔데

2장 내가 뭔데

3장   어떻게 살았더라

고마워   나도 고마워

4장 함께하다

니가
뭔데

마지막 에필로그를 읽기 전까지는
아무도 모른다

예전에는 첫인상으로 사람을 쉽게 판단했다. 상대가 인사를 잘 받아 주지 않거나 내게 호감을 보이지 않으면, 상대를 부정적인 사람으로 단정 지어 버렸다. 아마 나도 모르게 통찰력이 있다고 과시했던 것 같다.

하지만 사람을 많이 만나 보니 첫인상도 무시할 수 없지만, 점점 그게 전부가 아니라는 걸 깨달았다. 처음에는 인사를 제대로 하지 않아 건방져 보이던 사람도 나중에 알고 보니 낯을 많이 가리지만 마음이 따뜻한 사람이었고, 친절하게 인사를 하고 자주 웃어도 뒤에서 사람을 욕하고 다니는 사람도 있었다.

서점에 가서 표지가 마음 들어 책을 샀는데 막상 읽어 보니 내용이 그다지 재미없었던 경험이 누구나 한 번쯤은 있을 것이다. 출판사는 독자의 구매욕을 높이려고 책 표지를 신경 써서 만든다. 당연히 그 표지만 보고 책을 다 파악할 수 없다.

사람이라는 책도 마찬가지이다.
아무리 표지가 좋아 보여도
마지막 에필로그를 읽을 때까지 모르는 것이다.

2012년 5월에 한 요리 콘테스트에 참가했는데 그때 내 방송 태도가 나빴다는 기사가 많이 올라왔다. 사람들은 나를 '인간 쓰레기'라고 불렀다. 그로부터 3개월 후, 기부했다는 기사가 나왔을 때 사람들은 돌변해 나를 '개념 있는 천사'라고 부르기 시작했다. 난 쓰레기도 아니지만 천사도 아니다. 그냥 나는 처음부터 끝까지 나였다.

나쁜 기사로 인해 좋지 않게 보이는 사람도 나와 당신보다 좋은 점이 있을 것이고, 좋은 기사로 인해 아름답게 보이는 사람도 나와 당신보다 나쁜 점이 있을 것이다. 사람에 대한 과대

평가와 과소평가는 책을 읽지 않고 표지만 본 뒤, 모든 것을 파악했다고 착각하는 것과 다를 바 없다.

사람이라는 책을 읽는 데는 굉장히 오랜 시간이 걸리지만, 누가 당신이라는 책을 읽을 때 많은 시간을 투자해 준다고 생각하면 감사한 일일 것이다.

잘 알지도 못 하면서
너에 대해서 평가하는 사람이 있으면
그냥 웃어 넘겨라.
그것은 비극이 아니라 희극이다.

각자의 삶만큼 수많은 길이 있다

　나는 어렸을 때 공부를 정말 못했다. 초등학교에 입학해서 처음으로 받은 시험 점수가 100점 만점에 2점이었다. 엑스 투성이인 내 답안지를 본 옆자리의 남학생이 "사유리 0점이야." 라고 놀렸다.

　그 광경을 본 선생님이 안타까우셨는지 "사유리는 0점이 아니야. 잘 봐! 2점이잖아! 2점!"이라고 큰소리로 말씀하셔서 더욱 창피했던 기억이 있다.

　엄마는 공부를 못하는 나를 한 번도 혼낸 적이 없다. 오히려 나를 칭찬해 주셨다.

"사유리는 공부를 못하지만 글을 멋있게 쓰잖아."

그래서 나는 공부를 못해도 전혀 창피하거나 두렵지 않았다. 엄마는 어떤 상황에서도 누군가의 사소한 좋은 점을 발견해 자신감을 주는 데 천재였다.

학교에서 이런 일이 있었다.

초등학교 학예회 무대에서 같은 반 친구가 춤을 추다가 갑자기 멈춰서 손을 이마에 얹은 채 마지막까지 서 있었다. 무대가 끝나고 그 친구의 엄마가 화를 내며 이유를 묻자, 그 친구는 다른 친구들이 잘하는지 지켜봤다고 했다.

친구의 엄마는 사람들 앞에서 창피하다며 아들의 이상한 행동을 받아들이기 어려워했다. 그때 엄마가 그 아주머니에게 다가가서 이렇게 말했다.

"제가 보기에는 무대에서 춤만 추지 않고 현장 감독까지 할 정도로 충분히 훌륭한데, 왜 칭찬을 해 주지 않나요?"

아주머니는 쑥스러워하며 고맙다고 말하고는 다시 우리 엄마에게 물었다.

"아아, 그런데 당신 딸은 무대에서 아예 사라진 것 같던데 어디로 갔어요?"

우리 엄마는 당황하지 않고 살짝 미소를 지은 채 답했다.

"무대에 골판지로 만든 나무가 있었죠? 사유리는 그 나무 뒤에 숨어 있었대요. 손으로 나무를 흔들어 나무에 생동감을 주고 싶었대요."

나는 어릴 적부터 남들과 다른 행동을 많이 했지만, 엄마는 이런 내게 장난감 상자를 여는 것 같은 재미가 있다며 기뻐해 주었다.

학교 선생님과 엄마 그리고 나, 3명이 함께 진로 상담을 했을 때 선생님은 학생 중 면담 시간을 가장 길게 잡아 주셨다. 선생님은 내가 수업을 심각하게 따라오지 못하는 상태라고 말씀하셨다.

그리고 이대로 가면 낙오자가 되는 건 시간 문제라고도 하셨다. 진로 상담이 끝나고 학교 복도를 걸으면서 나는 엄마에게 낙오자가 돼서 미안하다고 했다. 엄마는 늘 그래 왔듯이 따뜻한 표정으로 말씀하셨다.

"어디서 떨어지면 낙오자가 되는 거지?
그런 선은 어디에도 없어.
우리의 삶만큼 수많은 선(길)이 있단다."

정말 착한 사람에게만 그 아이를 맡겨 주신다

한 산부인과 선생님이 인터뷰 중에 이런 말을 했다.

"다운증후군을 가진 아이는 1,000명 중 한 명의 확률로 태어나는데, 병원에서 산모를 1,000명 정도 만났다 싶으면 그 주에 꼭 다운증후군 아기가 태어나요."

아는 언니의 아이도 다운증후군을 가지고 태어났다. 언니는 내 앞에서 한 번도 힘든 모습을 보이지 않았다. 그러던 어느 날, 언니가 울면서 전화를 했다. 언니가 다니는 성당의 신부님이 이런 말씀을 해 주셨다고 한다.

"하나님은 정말 착한 사람에게만
다운증후군 아기를 맡겨 주세요.
당신은 하나님께 선택받은 유일한 사람이예요.
아무리 힘들어도 잘 키워 줄 거라고 믿어서
당신에게 맡겨 주신 거예요."

그 말을 듣고 나도 모르게 전화기를 꽉 쥐었다. 언니는 무엇
인가 결심한 목소리로 말했다.
"나 이제 울지 않을게. 오늘이 마지막이야."

당시 언니에게 하지 못한 말이 있다.

나는 언니가 몇 백 번 울어도 된다고 생각해.
정말 중요한 것은 눈물을 참는 것이 아니라
눈물을 닦을 용기야.
자신의 손으로 눈물을 닦으려고 노력하는
언니가 정말 자랑스러워.

다운증후군 아이의 어머니들이 쓴 편지를 모아 만든 책을 읽은 적이 있다. 가장 인상적이었던 부분은 다운증후군 아이를 가진 대부분의 어머니가 또 임신하면 뱃속 태아의 장애 여부 검사를 거부한다는 내용이었다.

한 어머니는 이렇게 말했다.

"장애가 있든 없든 아기가 이 세상에 태어난다면 그것만으로도 고마운 일이죠."

물론 다운증후군 아이를 가진 모든 어머니가 이렇게 생각하지는 않겠지만, 999명의 어머니가 경험하지 못한 육아를 해 본 사람이라면 그것만으로도 무언가를 깨달을 수 있지 않을까.

현재 어려운 문제에 맞서는 사람들에게
"힘내!"라는 말을 하기가 두렵다.
왜냐하면 그들은 이미
누구보다 힘을 내고 있으니까.

상대의 칼을 쥔 손이 떨린다면
무조건 도망쳐라

20대 후반에 혼자 하와이 바다를 보러 갔다. 당시 사귀던 남자친구와 헤어져 잠시 바람을 쐬러 간 것이었다. 거기서 자칭 산타클로스 할아버지도 만났고(루돌프는 어디에 있냐고 하니 이미 할아버지가 먹었다고 했다.) 나무와 대화할 수 있는 신기한 히피 아저씨도 만났다.

아저씨는 칼로 오렌지 껍질을 깎으면서 나에게 말했다.

"여기 칼이 있잖아. 지금까지 싸우다가 이런 칼을 내 코앞까지 들이댄 놈들이 많았는데 그런 놈들 중에서도 가장 위험한 놈이 어떤 놈이라고 생각하니?"

"음, 상상만 해도 무서워요. 칼을 보여 주는 것 자체가 이미 위험한 사람인데요."

"그래, 그건 인정해. 그런데 그중에서도 가장 위험한 놈은 큰 칼을 가진 놈도 아니고 싸움을 잘하는 놈도 아니야. 신기하지? 웃긴 게 사실 그 반대야. 사유리, 무슨 말인지 알아? 가장 위험한 사람은 공포심을 크게 안고 있는 놈이야."

"겁쟁이는 죽음에 앞서 여러 차례 죽지만, 용기 있는 자는 한 번밖에 죽지 않는다."

갑자기 셰익스피어의 말이 떠올랐다.

"싸움을 잘하는 놈은 오히려 위험하지 않아. 걔들은 어떻게 싸우는지 잘 아니까. 문제는 겁쟁이들이야. 이런 놈들은 자신이 무서워서 극단적인 행동을 해 버려. 그래서 아무리 나보다 약해 보여도 상대의 칼을 쥔 손이 떨리고 있다면 그때는 무조건 도망쳐야 해. 그것이 살아남는 방법이야."

아저씨가 깎아 준 오렌지를 먹으면서 생각했다.

솔직히 우리에겐 누군가가 얼굴에 칼을 들이대는 상황이 많지 않다. 대신 모든 사람의 입에는 칼처럼 날카롭고 위험한 무기가 담겨 있다. 그 칼로 마음의 상처를 줘도 눈앞에서 직접 피를 흘리는 것이 아니라서 사람들에게 들키기는 어렵다.

그래도 이것만은 기억하자.

당신에게 쉽게 상처 주는 말을 하는 사람이 있다면
사실 그 사람은 누구보다 약한 존재이다.
지는 것이 무서워서 혀를 떨고 있는 겁쟁이니까.

끝까지 예의를 지키자

인간관계를 유지하려면 잘 싸워야 한다.

싸움을 잘하라는 뜻도, 자주 싸우라는 뜻도 아니다. 서로 도움이 될 만한 싸움을 할 수 있는지가 중요하다.

누군가와 싸우는 이유는 여러 가지가 있겠지만,
모든 싸움에는 상대방에게 자신의 마음을
이해해 달라는 감정이 깔려 있다.
잘 싸운다는 것은 그 싸움으로 서로의 마음이
가까워지고 더욱 발전적인 관계가 유지되는 것을 말한다.

나도 예전에는 사람들과 자주 싸우는 편이었다. 그러나 모든 싸움이 좋은 결과를 얻지는 못했다. 마음이 가까워지는 사람이 있는 반면 영원히 멀어지는 사람도 있었다.

싸울 때 당사자의 문제를 제3자에게 말하고 많은 편을 확보하려는 행동은 반칙이다. 한쪽 이야기만 듣고 옳고 그름을 판단하는 사람도 문제지만, 아무 상관없는 사람을 데리고 와서 편이다, 적이다 하며 편가르는 것은 근본적인 문제에서 빗나간 행동이 아닐까 싶다.

또 하나, 싸우면 상대의 비밀을 남에게 폭로하는 사람이 있다. 그것은 무너진 슈퍼마켓에서 물건을 훔쳐 오는 행동과 다를 바 없다. 아무리 슈퍼마켓이 좋지 않은 상황이라도 그곳에 있는 물건을 함부로 가져올 권리는 없다. 아무리 상대와 좋지 않은 상황이라도 그의 비밀을 함부로 말할 권리도 없다.

싸울 때 상대를 무시하는 말이나 욕, 자존심에 상처 주는 말, 키, 얼굴 등 신체 부위를 가지고 공격하는 말, 그리고 국적이나 종교 등 민감한 부분을 건드리는 말을 하는 사람이 있다면 싸우지 않고 피하는 게 현명하다.

왜냐하면 그들은 사각링 위에 올라가서 싸울 용기가 없는 사람들이고, 글러브를 끼는 방법조차 모르는 사람과 싸우는 것은 시간 낭비이기 때문이다.

사람은 싸울 때 그 사람의 품격이 보이니
끝까지 서로에 대한 예의를 지키자.
상대가 아닌 날 위해서.

YOU AND ME

싸울 때 제일 불편한 사람들은,
한 쪽 이야기만 듣고 '적'과 '편'이 되는
제3의 사람들이다.

긍정적인 생각이 지적인 생각보다 더 위대하다

내가 처음으로 한국 사람을 만난 건 초등학교 4학년 때였다. 우리 학교에 한국인 남자아이가 전학을 왔다. 얼굴이 동그랗고 사과처럼 볼이 빨간 그 아이는 항상 조끼를 입고 있었다. 일본어를 전혀 모르는 그 아이는 늘 혼자였다. 그 아이는 학교 수업이 끝나자마자 자전거를 타고 빠른 스피드로 어딘가로 가버렸다. 지금 생각하면 그 아이는 많이 외로웠던 것 같다.

집으로 가는 길에 그 아이를 몇 번 본 적이 있다. 역시 혼자 자전거를 타고 동네를 빙글빙글 돌고 있었다. 나와 눈이 마주치면 그 아이는 강한 바람처럼 쌩하고 지나가 버렸다.

어느 날, 방과 후 학교 수영장으로 가는 길에 그 아이와 만났다. 그날은 드물게 자전거를 타지 않고 그냥 손으로 자전거를 밀고 있었다. 타이어에 펑크가 난 것이다.

그 아이는 기분이 안 좋아 보였고 빨간 볼은 더욱 빨갛게 달아올라 있었다. 나와 눈이 마주친 아이에게 손을 흔들까 말까 잠깐 고민했다. 그 아이의 얼굴을 보니 화가 난 것 같기도 하고 슬픈 것 같기도 했기 때문이다.

"너 우리 학교 애 맞지?"

내가 먼저 말을 걸었다. 그 아이는 내 입의 움직임을 보고 무슨 말을 하는지 상상하는 것 같았다.

"혼자 뭐해?"

아까보다 천천히 말했지만 그 아이는 신기한 표정으로 날 쳐다보았다.

"뭐하고 있어?"

아이가 대답할 때까지 계속 물어봤다. 나의 질문 공격이 계속되자 그 아이가 갑자기 내 곱슬머리를 잡아당기며 "빠까(바보)."라고 말했다.

난 집에 돌아와서 아빠에게 방금 있었던 이야기를 했다. 아빠는 내 머리를 쓰다듬으며 말씀하셨다.

"그 한국 친구 눈치가 빠르네. 네가 바보인 것을 눈치 챘으니까. 앞으로 친하게 지내."

하루에 두 사람에게서 바보라는 소리를 들어 기분이 좋지 않았지만, 다음에 그 아이와 만나서 어떻게 친해질 수 있을까 생각하니 즐거웠다. 자전거를 빨리 타는 방법을 알려 달라고 할까. 아니면 내가 일본어를 가르쳐 줄까…….

아빠는 어린 내게
긍정적인 생각은 지적인 생각보다
문제를 더 쉽게 풀 수 있다는 걸 가르쳐 주셨다.

내 인생의 일기는 늘 능동태로 쓰인다

나는 매일 일기장에 일기를 쓴다.

원래 모든 것을 쉽게 '작심삼일'로 끝내는 나지만, 일기 쓰기를 깜빡하거나 중간에 포기한 적은 없었다. 나의 일기장은 연필도, 노트도 필요 없다.

내가 태어났을 때부터 숨을 거두는 그 순간까지 내 인생의 일기장에는 매일 글자가 쉬지 않고 조금씩 늘어나고 있다. 평소에는 그 일기장의 존재를 잊고 살아도 힘든 일을 겪을 때, 사람에게 이유없이 상처를 받았을 때, 자신의 힘으로는 도저히 견딜 수 없는 상황이 닥쳐왔을 때 그 일기장을 펼쳐 조용히 읽어 본다.

일기는 어떤 순간이라도 능동태로 기록한다.
결코 수동태로 쓰지 않는 것이 특징이다.
내 인생에서 남이 나에게 한 일은
중요하지 않기 때문이다.

만약 이유 없이 모욕을 받았을 때, 일기장에는 상대가 내게 한 행동의 다음 장면부터 적는다. 내가 어떤 자세로 그 상황을 바라보고 어떤 자세를 보여 줬는지. 일기장은 언제나 내가 했던 행동에만 집중하라고 과제를 준다.

오늘도 이 순간순간 나의 일기는 쓰이고 있다.

그 일기장의 몇 페이지를 열어도
최대한 부끄럽지 않게 살고 싶다.
내 인생의 이야기는 내가 만드는 것이니까.

시간은 투자와 낭비로만 평가되는 것이 아니다

월간지에 학생을 대상으로 고민 상담글을 연재한 적이 있다. 그들의 고민은 대부분 가족, 친구들과의 관계 그리고 자신의 미래에 대한 두려움이었다. 돈을 선택해야 하는지 자신의 꿈을 선택해야 하는지 고민하는 사람도 있었고, 자신과 부모님이 원하는 미래가 다른 것에 괴로워하는 사람도 있었다.

나는 우선 학생의 말에 귀를 기울였다.

그 학생은 꿈이 있어도 성공할 가능성이 낮으면 아무리 좋아해도 시간 낭비가 될 거라고 생각했다. 어떤 일이든 성공하는 사람도 있지만 성공하지 못하는 사람도 있다. 그래도 성공하면 시간을 투자한 것이고, 실패하면 시간을 낭비한 것이라고 생각할 필요는 없다.

시간을 투자와 낭비로만 평가하는 것은 '결혼까지 가지 않는 연애는 모두 낭비다.'라는 말처럼, 결과만 보고 인생의 의미를 간과하는 일이다.

결과는 각광과 큰 박수를 받지만, 사실 그만큼 큰 박수를 받아야 하는 것은 과정이다. 결과의 빛이 눈부셔서 과정은 늘 그림자 역할을 하지만, 밝은 빛을 진정시키는 것도 그림자다.

아무 고생 없이 갑작스레 큰돈을 벌거나, 과정 없이 갑자기 스타가 된 사람들 중 몇 년 후에 큰 문제를 일으키는 경우를 종종 보았다.

환한 빛이 계속 비치면 뜨겁게 달아오르게 마련인데,
빛을 가려 주는 그림자가 없으면
결국 자신도 모르게 화상을 입고 만다.

괴테는 말했다.
"그 꿈 없이도 살 수 있을지 없을지를 생각하라."

그 꿈 없이 살 수 없다고 느낀다면, 이미 그 꿈에 엄청난 재능을 가졌을 거라고 생각한다. 만약 내 앞에 자신의 일을 잘하는 사람과 자신의 일을 좋아하는 사람이 있다면 난 자신의 일을 좋아하는 사람과 함께하고 싶다.

자신의 일을 좋아하는 사람은 우리가 기대했던 것보다 훨씬 큰 도움을 주고 끝까지 실망시키지 않기 때문이다.

"자신의 꿈을 아끼고
그 꿈과 정면으로 마주보고 있다면
그 자체로 이미 성공한 것이다."

"네 인생의 조종석은 너의 자리다.
남에게 그 자리를 맡긴다면,
네 인생은 목적지를 잃어버린다."

당신은 빛나는 존재다

나는 한강 근처를 걷는 게 좋다. 한강은 슬플 때의 나와 기쁠 때의 나를 다른 표정으로 바라본다. 한강은 아무 말도 하지 않고 나를 있는 그대로 받아들인다.

처음 한국에 왔을 때, 한강이라는 단어가 사람들의 대화에 자주 등장하는 게 신기했다. 일본에도 강은 있지만, 자연스러운 일상 대화에 언급되는 대상은 아니기 때문이다.

예전에 강남에서 올림픽대로를 탄 적이 있는데, 택시 운전기사님이 이런 이야기를 하셨다.

"제가 어렸을 때는 강남에서 강북까지 배로 이동했어요."

그 말을 듣고 창밖을 보니 맑은 하늘과 어우러지는 한강이 더욱 빛나 보였다.

"정말이에요? 저도 배를 타고 이동해 보고 싶어요."

"지금이 더 편하지요."

"그래도 배로 이동하는 동안 낚시도 하고 심심하지 않았겠어요."

기사님 덕분에 내가 몰랐던 한강의 또 다른 모습을 알았다. 짝사랑 상대에 대한 정보를 우연히 듣게 된 기분이라고 해야 하나. 뭔가 마음이 뿌듯했다.

나는 여전히 한강을 사랑한다. 특히 밤에 한강을 보면 마음이 설렌다. 밤늦게 촬영을 마치고 한강 위를 지날 때면 멀리서 수많은 자동차 불빛이 보인다. 마치 하늘에서 떨어지는 별똥별 같다. 차에 탄 사람들은 자신의 자동차 빛이 얼마나 아름다운지 모를 것이다. 당연하다. 자기 자동차의 불빛은 그 차 안에서 볼 수는 없으니까.

가끔 생각한다. 사람 사는 이야기도 이것과 비슷하지 않을까?

우리는 다른 사람의 매력은 쉽게 알아보지만, 신기하게도 자신의 매력은 제대로 못 볼 때가 많다. 자신감이 없을 때는 스스로를 더 미워하고 아무 것도 아닌 존재라고 느낀다.

찰리 채플린은 말했다. "자신감을 가져라. 나는 고아원에 있을 때도, 배가 고파 길거리를 방황할 때도, 스스로 세계 최고의 배우라고 생각했다. 자신감, 무엇에도 지지 않으려는 마음이 있었다. 자신감이 없었다면 완전히 삶의 무게에 지고 말았을 것이다."

스스로의 빛이 보이지 않겠지만, 당신은 빛나고 있다. 어쩌면 당신은 다른 사람들을 밝은 길로 인도하는 빛나는 존재일 수도 있다.

작은 그릇에 한강물을 다 담을 수 없다

마음은 착한데 남의 비밀을 잘 지키지 못하는 동생이 있다. 일부러 남을 힘들게 하려는 의도는 없지만 아무 생각 없이 남의 비밀을 함부로 말해 버려서 주위 사람들과 문제를 일으키곤 했다. 남의 비밀을 이야기하면 할수록 남들이 다음은 자신의 차례라고 생각해 마음의 문을 닫았다.

내가 그 동생에게 함부로 말하지 말라고 부탁하고, 강요까지 한 것은 사실 내 욕심일 수도 있다. 사람은 누구나 실수를 한다. 그러나 같은 실수를 반복한다면 그것은 실수를 하지 않으려는 의지가 없는 것이다.

아끼는 동생이니까 믿고 싶고, 믿고 싶기 때문에 동생이 약속을 지키지 못하면 혼자 속상하고 배신당했다고 느꼈다. 하지만 시간이 지나 그것은 동생의 문제가 아니라 나의 문제라는 걸 깨달았다.

작은 그릇에 한강물을 다 담을 수 없는 것처럼,
약속을 지키기 어려운 사람에게
계속 지키라고 요구하는 것은
그릇이 작은데 한강물을 전부 담아 오라고
요구하는 것과 마찬가지다.

그릇이 작은 것은 어쩔 수 없으니 쉽게 포기하라는 뜻이 아니다. 그릇이 작으면 그것과 밸런스를 맞추면서 물을 담아야 한다는 의미이다.

심리학자 알프레드 아들러는 말했다.

"건전한 사람은 상대를 바꾸려고 하지 않고 자신을 바꾼다. 불건전한 사람은 상대를 조작해서 바꾸려고 한다."

우리의 관계가 더욱 건전하고 돈독해지려면 상대방을 바꾸려

하지 말고, 상대방의 그릇에 맞춰 나 자신이 행동하는 것에 주의해야 한다.

　이 점만 마음에 새기면 다른 사람을 탓하는 일은 줄어들지 않을까.

퍼주면
퍼줄수록
더 퍼주고싶어

사람은 누구나 약점이 있다.
나 또한 부족한 부분이 많다.
내 주변 친구들이
내 그릇의 크기를 어떻게 생각하는지 모르겠지만
시간이 흐를수록 내 그릇이 더 크고 깊어져
많은 물을 담을 수 있기를 바랄 뿐이다.

상대의 마음을 쓰다듬는 방향을 바꾸다

말은 물과 같다. 같은 말이라도 따뜻하게 하는 말과 차갑게 하는 말이 있는데, 어떤 식으로 말하느냐에 따라 뜻이 다르다.

물도 따뜻한 물은 증발되어 머리 위에서 구름이 되지만, 차가운 물은 얼어서 머리 위로 떨어지고, 결국 다치게 된다.

말은 물처럼 꼭 필요하지만
방법을 잘못 쓰면 익사할 수 있다.

많은 사람이 한두 번은 이런 경험을 하지 않았을까? 아무렇지 않게 말했지만 상대방이 예상치 못하게 화를 낼 때 말이다.

그럴 때는 많이 당황하고 말이 통하지 않는 상대를 부정적으로 평가할 수 있다.

우리는 다른 사람과 싸우거나 상대방이 화가 나면 자신이 한 말만 생각한다. 그것만으로는 상대의 마음을 이해하기 어렵다. 만약 상대방이 화가 났다면 내가 말한 내용보다 어떤 식으로 말했느냐에 중점을 둬야 한다.

상어의 피부는 머리부터 꼬리 쪽으로 쓰다듬으면 반들반들하고 꼬리부터 머리 방향으로 쓰다듬으면 강판만큼 까칠까칠하다. 상어의 몸은 물의 저항을 줄여 빨리 헤엄치기 위한 구조이기 때문이다.

만약 어떤 사람이 상어의 피부는 반들반들하다고 말하고, 또 어떤 사람이 상어의 피부는 까칠까칠하다고 말한다면 둘 다 정답이다.

세상에 정답은 늘 하나가 아니다.

　같은 상어라도 상대가 어떤 식으로 쓰다듬었느냐에 따라서
정답은 바뀌는 것이다.

　만약 지금 사이가 좋지 않은 친구나
　주위 사람이 있다면 상어의 피부처럼
　상대의 마음을 쓰다듬는 방향만 바꿔도
　인간관계가 순조로워질 수 있을 것이다.

맥주도, 허세도 거품이 많을수록 양은 적다

대다수의 사람은 '허세'라는 말을 들으면 어떤 단어를 연상할까? 가식, 잘나가는 척, 허풍, 거짓말……. 대부분 부정적인 것들이다.

나는 허세라는 말을 들으면 맥주가 생각난다.
맥주도 허세도 거품이 많을수록
양은 적어진다는 공통점이 있다.

거품이 많아서 양이 허전하게 느껴진다. 그래도 맥주는 거품까지 사랑받지만 허세의 거품은 사랑이 아닌 욕을 먹는다.

그런데도 왜 허세를 부릴까. 원래 자신보다 부풀려 말하고 상대보다 자신의 입장을 유리하게 만들기 위해서? 단지 남에게 칭찬을 받고 싶어서? 자신의 목표를 달성하기 위해 상대를 마음대로 컨트롤하고 싶어서?

여러 가지 이유가 있겠지만 허세는 상대보다 작게 보이는 것을 두려워하는 마음을 담은 것이 아닐까.

나도 자신을 크게 보여 주거나 허세를 부리는 사람을 보면 예전에는 바로 거부감이 들었다. 그래도 다시 생각해 보면 이런 허세를 부리면서 자신의 열등감이 무엇인지 알아가며 성장하는 것도 중요한 것 같다. 모든 사람은 많든 적든 이런 성장 과정을 지나 진짜 사람이 되는 것이 아닐까.

하늘을 날아가는 나비가 되려면
애벌레 모습으로 사는 시간도 필요하다.
우리도 처음부터 아름다운 나비가 되기는 어렵지만
나비가 될 때까지 기다려 주는 것도 사랑이다.
평생 애벌레의 모습으로 살지 않도록 응원하면서.

말을 아끼는 사람이 사람도 아낀다

내게 이렇게 말하는 사람이 많다.

"사유리 씨, 너무 솔직하잖아요."

방송에서 솔직한 이미지가 생겨서 호감을 주는 것은 감사하지만 동시에 솔직한 것이 뭔지 다시 생각하게 되었다.

"네, 저는 솔직해요."라고 하는 것 자체가 솔직하지 않기 때문이다. 사람이 상황마다 솔직할 수 없을 때도 많고, 착한 거짓말이 필요할 때도 있다. 그렇지만 자신이 늘 솔직하다고 단언하는 것은 정말 솔직한 것일까.

정말 솔직한 사람은 자기가 늘 솔직하지 못하다고 인식하는 사람이 아닐까 싶다. 요즘 많은 사람이 솔직한 게 멋있다고 생각하는 듯하다. 그만큼 옛날보다 솔직하지 못한 것이 많아졌기 때문이 아닐까?

가식이 많을수록 '솔직함'은 사막의 오아시스처럼 마음을 상쾌하게 적셔 준다. 그래서 많은 사람이 오아시스를 찾고, 많은 사람이 찾다 보니 가짜 오아시스까지 생겨나는 것이다.

오로지 솔직함만을 추구하면 직설적인 것에 큰 가치를 두고 상대 입장을 생각하지 못할 수도 있다. 가끔 자신이 솔직하다고 말하면서 상대방의 치부를 들추는 사람들을 보면 백설공주가 먹었던 사과가 생각난다. 겉은 멀쩡하지만 속에 독이 들어 있는 사과 말이다.

'솔직하다'라는 단어를 사전에서 찾으면 '거짓이나 숨김없이 바르고 곧다.'라는 뜻이다. 거꾸로 말하면 거짓이나 꾸밈없이 바르고 곧으면 그때만 솔직하다고 인정되는 것이다.

솔직함에는 곁에 있는 상대에 대한 존경심과
함께 스스로의 겸손함도 있어야 한다.

그래서 솔직한 말 속에 독이 들어 있다면
이미 솔직함의 원래의 가치를 잃은 것이다.

수표도 잘못하면 부도어음이 되는 것처럼 솔직한 말도 잘못
사용하면 부도어음이 된다. 그러니 우리 모두 말을 소중하게
써야 한다.

결국 말을 아끼는 사람은
사람도 아끼는 것이니까.

좋은 신발을 신고 멋진 사람을 만나러 간다

"사유리 씨, 방송에서 보여 준 모습이 진짜 모습이에요? 정말 4차원이에요?"

나는 이런 질문을 많이 받는다. 그럴 때 "사실 나는 이런 사람이다."라고 말하기가 부끄럽다. 방송이니 평소보다 과도하게 하지만, 밥그릇 모자를 쓰고 배고프니 밥 달라고 하는 밝은 모습도 진짜 내 모습이고, 지금 여기서 조용히 글 쓰는 모습도 내 모습이기 때문이다.

집에 있는 신발장을 열어 보면 다양한 종류의 신발이 있다. 그날의 날씨, 장소, 만나는 사람에 따라 신는 신발이 다르다.

신발의 용도가 모두 다른 것처럼
사람도 그때 상황과 만나는 사람마다
다른 성격이 나오게 마련이다.

잘 모르는 사람을 만날 때는 최대한 좋아 보이는 신발을, 방송에 나올 때는 화려한 신발을 그리고 편한 사람을 만날 때는 운동화처럼 가벼운 신발을 꺼내 신는다.

남의 신발장을 열어 보지도 않고서 거기에 있는 신발을 모두 안다고 말하는 것은 오만한 생각이 아닐까?

예전에 한 학생의 고민을 들은 적이 있다. 이 친구는 밖에서는 무척 친절하지만 가족에게는 막 대했다. 함부로 행동하는 자신이 싫고 가족도 걱정한다고 했다. 많은 사람이 가족이나 친한 사람일수록 응석을 부리고 더욱 신경 쓰지 않으면서 자신의 신발장에서 낡은 신발만 꺼내 신게 된다.

진짜 멋진 신발을 신어야 할 때는 우리를 사랑해 주는 사람들을 만날 때이다. 다시 한 번 자신의 신발장에서 신발을 찾아보자. 좋은 신발들이 당신이 신어 주기를 기다리고 있다.

오늘 만나는 사람에게 아끼는 신발을 신고
기쁜 마음으로 다가가 보자.

서로의 가치를 알아보는 사람,
그가 인연이다

1월 1일 아침.

새해에도 쉬지 않고 원고를 쓰고 있다고 하면 멋있어 보이 겠지만 사실 마감까지 5일밖에 남지 않았다. 이른 아침부터 시작한 '새해 복 많이 받으세요.'라는 문자 폭풍이 지나가자 휴대 폰이 잠시 조용해졌다.

"새해 복 많이 받으세요."

나는 이 말을 지금까지 몇 번이나 듣고, 몇 번이나 했을까. 아 마도 몇 백 번이나 주고받았을 것이다. 10대와 20대를 지나고

30대 중반까지 오니 '새해 복 많이 받으세요.'라는 문장 다음
에 꼭 이런 말이 이어진다.

'올해는 꼭 결혼하기를!'

인터넷에서 발견한 글 중에 이런 것이 있다.

'백수에게 회사 보너스가 나오면 무엇을 사고 싶냐고 묻는 것
과 애인 없는 사람에게 언제 결혼하느냐고 묻는 것은 똑같아.'

100퍼센트 공감한다. 사랑하는 사람과 함께 있고 싶어서 결
혼했다면 좋겠지만 결혼이 먼저 앞서가고 있고 거기에 맞춰서
사랑하는 사람을 찾아야 하는 것은 사실 부담이 크다. 그리고
나는 10대부터 20대를 지나 30대 중반이 되면서 연애에 대한
생각이 변했다.

만약 10대에 '나'라는 작은 지구가 있었다면
20대에는 가운데 축을 기준으로 주위가 회전했고,
30대에는 내 축이 주위를 기준으로 회전한다는
것을 알게 되었다.

신기한 건 나이를 먹을수록 우주의 중심이 내가 아니라 주위로 옮겨 간다는 것이었다. 참 반가운 일이다.

시간이 지나면서 헤어진 사람이 나에게 잘해 주지 못한 것은 쉽게 잊어도 내가 그 사람에게 잘해 주지 못한 것은 마음에 남는다. 이런 부정적인 감정도 나쁘지 않다. 앞으로 만나는 사람에게 더욱 잘해 주고 싶은 마음이 생기기 때문이다.

내 가치를 알아봐 주고 나도 그의 가치를
알아볼 수 있는 관계는 상상만 해도 행복하다.
서로의 가치를 알아보는 사람,
그것이 바로 인연이다.

인맥이란
핸드폰에 저장된 사람의 수가 아니라
자신을 응원하는 사람을 말한다.

슬픔을 아는 사람의 얼굴은 누구보다 아름답다

　2014년에는 유난히 슬픈 일이 많았다. 특히 어린 학생들이 세상을 떠났다는 뉴스를 볼 때마다 삶에 회의를 느끼고, 이 세상에 희망은 어디에도 없다고 느꼈다. 고통을 극복하는 방법으로 '시간이 약'이라고 말하지만, 그 약을 먹기 위해서는 끝이 보이지 않는 긴 줄을 혼자 서서 몇 년 동안을 기다려야 한다.

　얼마 전에 슬픈 일을 겪은 우리 엄마가 이렇게 말했다.
　"사유리, 슬픈 일을 단지 극복하려고만 하는 건 어려워. 슬픔에 맞서 다가가고 인정해야 슬픔이 자신의 일부가 되고, 결국 극복할 수 있는 것 같아."

난 지금까지 슬픈 일이 생기면 최대한 그것을 멀리하고, 그 힘든 감정을 지우려고 노력했다. 하지만 억지로 잊으려고 할수록 그 고통은 내 앞에 더욱 선명하게 나타났다.

"슬픔이 자신의 일부가 되어야 한다."라는 엄마의 말은 자신의 슬픔을 외면하지 말고 슬픔의 손을 잡고 함께 살아가야 한다는 뜻이었다.

'빛은 어둠 속에서 빛난다.'라는 말이 있다. 어둠 속에서만 빛나는 아름다운 보름달은 우리의 삶과도 같다. 화려하고 가진 것이 많아 보이는 사람은 눈에 띄어서 남달리 빛나 보이지만, 사실은 어둡고 힘들 때 우리의 인생은 더욱 밝게 빛난다.

누군가 내게 한국에 사는 이유를 물어본다면 방송에 나가 예쁘게 화장하고 사유리라는 이름을 알리기 위해서가 아닌, 외국인이라는 소수자의 입장으로 느끼는 힘든 일, 차별들이 나를 성장시켜 주기 때문이라고 답할 것이다. 고통을 만날 때마다 나를 강하게 키워 준 한국에 감사할 따름이다.

강해지기 위해서는 많은 용기가 필요하다.

그 용기가 클수록 남에게 상냥할 수 있다.

배우 소피아 로렌은 말했다.

"만약 당신이 지금까지 울어 본 적이 없다면 당신의 눈은 아름답지 않을 것이다."

난 이 말에 한 줄을 보태고 싶다.

"그리고 만약 당신이 지금까지 울어 본 적이 없다면 당신은 웃는 얼굴도 모를 것이다."

우리는 슬픔과 함께 살고 있다.

그 슬픔을 아는 사람의 얼굴은

누구보다 아름답다.

남의 실수를 용서로 갚는 것이 용기다

나이를 먹으면서 남에게 상처받은 것보다 남에게 상처를 준 일들이 더욱 선명하게 떠오르곤 한다. 이게 사람이 나이를 먹는 맛 중 하나가 아닐까 싶다.

남을 배신한 것보다 남에게 배신당한 것이 마음의 구원 받은 것 같은 기분이 드는 건 왜일까. 누가 나에게 상처를 주는 것보다 자신이 스스로 준 상처가 더욱 아프다는 것을 알았기 때문은 아닐까.

어떤 책에서 읽은 내용이다. 한 노인이 화장실 변기에 앉았다가 일어나려고 하자 갑자기 다리를 움직일 수 없게 되었다.

검사 결과 다리에는 아무 이상이 없었다. 알고 보니 그 노인이 전쟁 때 변기에 앉은 것과 같은 자세로 앉자 사람들을 죽인 게 떠올랐고, 그 죄책감 때문에 다리를 전혀 움직이지 못한 것이었다. 수십 년 동안 그 노인의 마음속에 숨어 있던 죄책감이 나타난 것이다.

예전에 나는 아무 생각 없이 남에게 상처를 주곤 했다. 그런데 시간이 지나 내가 같은 상황을 겪고 나니 많은 것을 깨달았다. 그 기억들이 떠오를 때마다 내가 했던 행동이 부끄럽고 미안해진다.

남에게 실수한 죗값을 갚고, 후회를 후회로 끝내지 않고 가치 있게 만드는 방법은, 남이 같은 실수를 했을 때 용서로 갚는 길뿐이라고 생각한다. 그러면 사람들은 쉽게 화내지 않을 것이다. 지금 당장은 자신이 잘못한 것을 몰라도 언젠가 절묘한 타이밍에 자신에게 돌아오게 마련이다.

가장 불쌍한 사람은 그것마저도 돌려받지 못하는 사람이 아닐까.

'네가 뭔데'가 아닌 '내가 뭔데'.

다른 사람이 실수를 했을 때
내가 뭔데
그 사람에게 화낼 자격이 있는지
생각해 봐야 할 것이다.

나만 빼고 다 나빠?

아직 결혼을 하지 않은 친구들과 모이면 자연스럽게 남자 이야기를 하게 된다. 이야기를 나누다가 가끔 "내 인생을 맡길 수 있는 사람과 만나고 싶다.", "여자는 남자에게 인생을 맡겨 산다."라는 말을 듣는데, 참 본인 인생에 실례되는 말이라는 생각이 든다.

'인생을 맡길 수 있다.'라는 말은 그만큼 마음이 든든한 사람을 만나고 싶다는 뜻이겠지만, 상대에게 기대고 의지하는 만큼 어려운 상황이 온다면 불만이 커질 것이다.

내 인생은 나 스스로에게 맡겨야 한다. 그래야 무슨 일이 있어도 내 인생에 대한 피해자와 가해자가 생기지 않는다.

인생의 피해자와 가해자는 어떤 사람들일까. 그것은 남녀 사이뿐 아니라 모든 인간관계를 통틀어 이야기해야 한다.

긴 인생을 살다 보면 누군가에게 피해를 받을 수도 있고 누군가에게 피해를 입힐 수도 있다. 나도 어떤 때에는 남에게 피해를 주고 어떤 때에는 남에게 피해를 받고 살아왔다. 그렇지만 주변을 찾아보면 언제 어디서나 항상 피해자가 되는 사람이 있지 않을까.

예전에 이런 사람이 있었다.

그녀의 말에 따르면 그녀의 주변 사람들은 모두 나쁜 사람이고, 만나는 사람마다 그녀에게 상처를 주고, 언제나 잘못한 것은 상대였다. 그녀는 본인 스스로가 피해자가 되는 것을 선택한 사람이었다.

피해의식이 강한 사람은 실제로 일어난 일을 일부분만 뽑아 편집하고 확대해석한다. 그래서 언제나 자신은 잘못한 게 없는데, 모든 불협화음의 원인이 상대방인 것처럼 보이게 한다.

그래야 자신은 늘 피해자고 상대방은 가해자가 될 수 있기 때문이다.

나쁜 사람은 상대를 늘 피해자로 만들지만
비겁한 사람일수록 늘 상대를 가해자로 만든다.

내가 피해자가 되는 것이 두려운 만큼 상대가 가해자가 되는 것도 함께 두려워해야 우리 인생의 가해자와 피해자가 지금보다 줄어들 것이다.

더 이상 기다리지 말자

　어릴 적에는 부모님이 모두 바쁘게 일하셔서 밤늦게까지 오빠와 둘이 있을 때가 많았다. 일본의 거품 경제가 꺼졌을 때, 아빠 회사에서 일하는 사람이 회사 돈 10억 원을 들고 도망쳤다. 결국 돈을 이미 다 써 버려서 받지 못한 채 사건이 마무리되었다. 그때부터 엄마도 아빠의 일을 도와주면서 아침 일찍부터 다음 날 새벽까지 일하기 시작했다.

　그래도 나는 단 한 번도 외롭다고 느낀 적이 없었다. 엄마는 아무리 바빠도 5분이라도 짬이 나면 집에 뛰어 들어와 "사랑한다."라고 말하고는 날 꽉 안아 주고 가셨다.

　그래서 나는 엄마가 바쁘지 않은 사람인 줄 알았다. 엄마의

입에서 "바쁘다.", "시간이 없다."라는 말이 나온 적이 없었기 때문이다. 내가 어른이 되고 나서 너무 궁금해서 엄마에게 물어봤다.

"엄마는 아무리 바빠도 왜 나뿐 아니라 다른 사람들에게도 바쁘다는 말을 하지 않아요?"

그러자 엄마는 따뜻한 목소리로 대답했다.

"사유리, 아무리 네가 잠잘 시간도 없을 만큼 많이 바빠도 남에게 바쁘다는 말을 하지 마라. 그 말 속에는 진실과 함께 자기도 모르게 자신의 시간을 과시하는 마음이 적잖이 들어가 있다."

"네가 바쁜지 아닌지 상대는 상관하지 않아.

그 바쁜 시간 속에서

네가 어떻게 시간을 활용하는지만

상대에게 알려 주면 된다."

생각해 보면 내 주변에도 바쁘게 지내는 사람일수록, 자신의
일을 정열적으로 하는 사람일수록 바쁘다는 말을 쓰지 않았다.
엄마의 말이 나의 마음 깊은 곳을 찔러 뜨끔하게 만들었다.

마음 가는 사람 중에 시간이 없다고 말하며 계속 만나지 못
한 사람이 있었는데 그것은 그가 나에게 줄 시간이 없다는 의
미였다.

더 이상 기다리지 말자.

나는 소중한 시간을 낭비하기 위해서

태어난 것이 아니니까.

남에게 도움을 주는 것이 진짜 효도다

어렸을 때부터 엄마는 내가 누군가를 위해서 착한 일을 하면 "잘했다."라고 말하는 대신 "고맙다."라고 말했다. 마치 엄마가 그 상대인 것처럼.

내가 남에게 작은 도움이라도 줄 수 있을 때, 엄마의 "고맙다."라고 말하는 목소리와 기뻐하는 얼굴이 먼저 떠올랐다. 그래서 다른 누군가를 도와줄 때도 난 늘 엄마를 만날 수 있었다.

내가 30대가 된 후, 부모님께 처음으로 효도여행을 보내 드리자고 마음먹고 엄마에게 전화를 했다. 엄마는 효도여행을 보내 줄 돈으로 몸이 아픈 아기들에게 기부를 했으면 좋겠다고 말했다.

딸이 처음으로 부모님을 위해 쓰려는 돈을 힘든 사람에게 나눠 준다면 그것이 진정한 효도라고 했다.

"사유리, 효도는 단지
자기 부모님에게만 잘하는 것이 아니야.
내 자식이 남에게 도움이 될 수 있는 사람이라는 걸
부모가 느끼게 해 주는 게
사실 가장 큰 효도야."

그래서 엄마에게 백혈병에 걸린 아기들을 찾아가 작은 도움을 준 이야기를 들려 주었더니 역시 그때도 고맙다고 했다.

"아기가 그네를 탈 때 부모가 아기의 등을 밀어주잖아. 넌 내 등을 밀어서 그네를 태워 줄 생각은 하지 않아도 돼. 내가 네게 했던 것처럼 네 자식의 등을 잘 밀어줘. 사유리, 그 순서를 꼭 지켜야 해. 네 자식이 너에게 잘해 주는 것을 바라고 살지 마라. 네가 네 자식과 네 손자에게 잘해 줄 수 있기를 바라."

엄마는 이렇게 말하지만 그래도 조금씩 작아지는 엄마의 등을 보면 나는 자꾸만 엄마의 그네를 밀어주고 싶다. 그래도 이런 멋있는 말은 하지 않는다. 말을 하지 않아도 엄마는 내 마음을 잘 알고 있으니까.

내가

원데

우린 모두 다른 개념을 갖고 있다

트위터에 글을 쓰기 시작하면서 내 글을 읽는 사람들이 나를 '개념녀'라고 부르기 시작했다. 누가 나를 '무개념'이라고 부르는 것도 불편하지만 '개념녀'라고 부르는 것도 똑같이 불편하다.

나는 누구를 개념이 있다 없다로 표현할 때마다 얼굴이 빨개진다. 누구를 개념이 있다거나 없다고 말하는 것은 사실 자신이 개념 있다는 것을 전제로 한다.

개념이 뭐길래, 사람들은 개념이란 말에 집착할까?

아인슈타인은 "상식이란 열여덟 살까지 익힌 편견의 집합체이다."라고 말했다. 사람들은 개념이 있고 없고를 정의할 때 자신과 같은 의견인지 또는 공감할 수 있는지를 기준으로 판단한다. 결국 자신의 생각을 중심에 둔 것이다.

자신의 생각이나 가치관과 달라 받아들이기 어려우면 결국 그 사람은 '무개념'이 되고 만다. 그렇게 생각하면 숟가락과 젓가락을 쓰는 우리는 '개념 있는 민족'이고 손으로 음식을 먹는 인도 사람은 '무개념 민족'이 된다.

또 볼에 키스하며 인사하는 프랑스 사람도 '무개념 민족'이 된다. 이 세상에는 내가 가진 상식과는 전혀 반대되는 진실도 많다.

기린의 하루 수면 시간은 고작 20분 정도라고 한다. 그중에서도 숙면 시간은 1~2분이라고 한다. 그 이야기를 들으면 대부분의 사람은 놀라서 기린은 몸이 피곤하지 않을까 생각한다. 몇 시간밖에 자지 않는데 피곤하지 않을까? 20분만 자는 것이 정말 가능할까?

그러나 기린은 자신보다 오래 자는 인간을 보고 '인간은 왜 이렇게 오래 잘까?'라고 이상하게 생각하지 않을 것이다.

　　사람은 어떤 일을 생각할 때 자신의 기준대로 판단한다. 자신의 상식에서 벗어나면 이해하지 못하는 게 인간이다.

　　사람은 자신이 가진 상식이야말로 개념이라고 하지만
　　자신이 가진 개념만큼
　　상대방도 자신만의 개념이 있다는 걸 잊지 말자.

당신이 살아있다는 사실이 희망이 된다

지인이 사고로 아들을 잃었다. 한 목사님은 그녀가 아들을 잃은 다음 날부터 오후 4시만 되면 그녀에게 전화를 걸었다. 목사님은 내일도 같은 시각에 전화할 테니 꼭 받으라고 당부한 뒤 전화를 끊었다. 그리고 어김없이 다음 날 4시에 전화를 했다. 목사님은 2주 동안 하루도 빠짐없이 전화를 걸었다. 어느 날, 목사님이 이렇게 말씀하셨다.

"지금까지 잘 참았어요. 이제부터는 당신 스스로 내일도 모레도 견뎌 낼 수 있을 거예요."

목사님은 놀라운 사실을 알고 있었다. 아이를 잃은 엄마들이 2주 안에 자살하는 경우가 많고, 그 시간은 주로 아이가 집에 돌아오는 오후 4시부터 6시 사이라는 것을.

아들을 잃은 지인이 허망한 눈빛으로 내게 이렇게 말했다.

"아들이 죽었는데도 다음 날 아침이 왔어요. 천천히 해가 뜨고 집 밖에서 사람들이 길을 걷는 소리, 웃는 소리가 들려 왔어요. 아들이 없으면 영원히 아침이 오지 않을 줄 알았는데……."

사랑하는 사람이 하늘로 떠나는 것만큼 괴로운 일은 없을 것이다.

나도 그 괴로움을 경험한 적이 있다. 외국에서 유학 생활을 할 때 일본에서 가장 친한 친구가 자살했다. 그때 우리는 스물네 살에 불과했다.

친구가 떠나고 1주일 뒤, 그 친구에게서 편지가 왔다. 익숙한 친구의 글씨가 눈에 들어왔다. 편지의 오른쪽 위에 적힌 날짜를 보니 친구가 저 멀리 떠난 날이었다.

사유리, 다리 아프다고 했던 건 괜찮니?
네가 외국에 있으니 더 걱정된다.

힘든 일이 있어도 너라면 잘 해결할 수 있을 거라 믿어.

난 언제나 사유리 편이야.

_예전에도, 지금도, 앞으로도 계속 너의 친구일 노리코가.

자신이 떠나기 직전까지 남을 걱정하는 말, 문자메시지로 보내도 될 정도의 짧은 말, 그래도 종이에 써 남기고 싶었던 말, 그리고 꼭 전해 주고 싶었던 말.

친구의 '믿는다'라는 말이

지금도 내게 큰 힘이 된다.

친구가 떠난 지 10년이 더 지났지만 나는 아직도 친구의 전화번호를 지우지 못했다. 번호를 지워 버리면 우리의 연결고리가 끊길 것만 같아서⋯⋯. 이것만큼은 친구의 믿음대로 해결하지 못하고 있다.

평균적으로 한 명이 자살하면 그 주위 사람 5명이 심한 우울증에 걸린다고 한다.

당신이 살아 있다는 사실이
주위 사람들에게는 희망이라는 걸 잊지 말자.

내겐 남을 지키려는 용기가 부족했다

　나는 사실 누구보다 다혈질이라 지금까지 몇 번이나 사람들과 싸우고 문제를 일으켰다. 만약 다혈질 콘테스트가 있다면 동네 대표로 나갈 수 있을 것이다.(우승까지 할 수 있는지 모르겠지만) 나처럼 이런 불같은 성격 때문에 누군가와 문제가 생겨서 고민하는 사람이 많을 것이다.

　남이 한 말에 갑작스럽게 욱할 때가 있다. 사실 상대가 한 말에 화가 난 게 아니라, 자신이 지금까지 당했던 억울한 경험과 참았던 울분이 폭발한 것이다.

　나무 뿌리가 땅속 깊이 뻗어 있는 것처럼.

아직 소화되지 않은 마음속 상처가
깊은 곳에 숨어 있는 것이다.
지금까지 욱했다면 해결하지 못한 자신의 상처를
남에게 화풀이한 것과 다름없다.

내가 무엇보다 부족했던 것은 자신만큼 남을 지키려고 하는
용기였다. 사람이 화를 내는 것이 자신이 상처받았다는 표현의
하나라면, 다혈질인 나는 대부분 자신의 상상이 앞서가곤 했다.
아직 벌어지지 않은 일을 두려워해서 스스로를 상처 입히고 화
를 냈다.

일본에 '약한 개일수록 자주 짖는다.'라는 말이 있다. 그 말
을 빌리면 내가 욱하는 것은 내가 누구보다 약한 개여서 그러
는 거다. 자신이 힘이 없어서 누가 상처를 줄까 두려워했다.
사실 나에게 상처를 줄 수 있는 존재는 이 세상에 단 한 명밖
에 없다. 바로 나다. 내가 스스로 상처를 주고 있던 것이다.

뜨거운 물과 차가운 물을 동시에 냉동실에 넣으면 뜨거운

물이 먼저 언다. 그 진실은 다혈질인 사람과 특징이 같다고 생각한다. 다혈질인 사람은 상황이 바뀌면 뜨거운 물처럼 누구보다 빨리 변해 버리기 때문이다.

예전에 다큐멘터리 방송에 중동의 한 나라에서 자기 자식의 결혼을 심하게 반대하는 부모님을 설득해 주는 전문가가 나왔다. 그 전문가는 인터뷰 중에 매우 흥미로운 말을 했다.

"주로 아버지가 자식의 결혼을 반대하는 것을 많이 봤다. 아버지가 감정적이거나 심하게 화를 내는 경우, 결국 결혼을 허락해 줄 가능성이 높다. 반대로 아버지가 화내지도 않고 차분하면 아무리 설득해도 결혼 허락을 받기가 어려울 것이다."

자신의 마음에 들지 않는 상황에 상처받고 감정적으로 행동하지만, 그 현실을 받아들이려고 하니까 먼저 화가 나는 게 아닐까 싶다.

그렇게 생각하면 다혈질이라고 불리는 사람들은
약한 마음과 순진한 감정을
둘 다 가지고 있는 게 아닐까.

오르막길도, 내리막길도 소중하다

쾌청한 가을날, 자전거로 시골길을 다니는 촬영을 하다 자전거를 타고 수백 킬로미터를 여행하는 사람을 만났다. 그분께 자전거를 오랫동안 타면서 새롭게 알게 된 것이 있는지 물어보니 이렇게 대답했다.

"자전거로 평평한 길을 가다 보면
항상 그 앞에 오르막길과 내리막길이 나와요.
신기한 건 내리막길이 길면
반드시 그 후에 다가오는 오르막길도 길다는 거예요.
그래서 오르막길을 지나갈 때 내리막길이 생각나고

내리막길을 지나갈 때 오르막길이 생각나죠.

마치 우리 인생처럼요."

쉽게 표현하면 오르막길은 뒤에서 불어오는 바람이고 내리막길은 자신을 멈추게 만드는 맞바람이다. 뒷바람이 있다면 평소 노력보다 더 편하게 앞으로 갈 수 있고 맞바람이 있다면 자신의 갈 길을 방해한다.

그동안 출연한 고정 프로그램들이 모두 폐지되어 2014년 3월 말부터 몇 개월간 갑자기 모든 일이 끊겼다. 나에게 찾아오는 맞바람 소리에 귀를 기울이면서 나는 글을 쓰기 시작했다.

'그래, 나는 책을 내고 싶다면서 촬영이 바쁘다는 핑계로 글을 하나도 쓰지 않고 있었어.'

그때부터 글을 쓰면서 출판사를 찾아 직접 전화를 걸었다. 내가 방송에 출연하는 사람이라서 생각보다 쉽게 미팅까지 진행할 수 있을 거라 생각했는데 관계자들은 내일 꼭 대답을 하겠다고 말하고는 결국 연락을 주지 않았다.

"거절당해도 괜찮아. 아직 대한민국에 5천 개의 출판사가 있잖아. 될 때까지 도전해 보면 돼!"

"신은 우리에게 성공하는 것을 바라지 않는다. 단지 도전하기를 바랄 뿐."

마더 테레사의 말이 평소보다 더 마음에 와 닿았다. 맞아, 출판사에 거절당하는 것은 내게 전혀 창피한 일이 아니다. 안 될까 봐 도전도 하지 않고 핑곗거리를 찾는다면 그게 무엇보다 창피한 일이다. 몇 번이나 노력하고 나서 겨우 마음이 통하는 출판사를 만나 책 계약까지 마칠 수 있었다.

무언가를 얻으면 또 무언가 빠져나간다

택시를 타고 어디로 가고 있는데 갑자기 다른 차가 끼어들었다. 그 차는 비상 깜빡이도 켜지 않고 끼어들었다가 가 버렸다. 끼어든 차가 억대의 고급 외제차여서인지 더 나쁜 생각이 들었다.

'좋은 차를 탄다고 다른 사람을 쉽게 무시하는 것일까.' 그렇게 생각하는 순간, 나도 모르게 나 스스로가 부끄러워졌다.

만약 끼어든 차가 고급 차가 아니라 평범한 차였다면 그냥 매너 없는 사람이 운전하는 것이라 생각했을 텐데 단지 좋은 차를 타고 있다는 이유만으로 매너만 없는 것이 아닌, 잘났다고 다른 사람을 얕보는 사람으로 멋대로 생각해 버린 것이다.

사실 이런 일은 우리의 일상생활에서도 자주 일어난다. 만약 누군가 성공하거나 아니면 단순히 무엇을 가지게 되면 그 사람을 바라보는 사람들의 시선이 달라진다.

나는 방송에 나온 후 많게든 적게든 사람들의 '관심'을 받는다. 예전에 내게 묻지도 않고 내 전화번호를 다른 사람에게 알려 준 사람이 있다. 새벽에 모르는 사람들에게서 계속 전화가 와 마음이 무척 불편했다. 그래서 이후로는 친구들에게 내 번호를 누군가에 알려 주기 전에 미리 말해 달라고 부탁했다. 그랬더니 누군가 이런 말을 했다.

"너도 이제 연예인이 됐구나. 많이 변했네."

그 답은 날 섭섭하게 했지만 동시에 무엇을 갖게 되면 그만큼 무엇이 빠져나간다는 것도 알려 주었다.

성공한 사람을 보면 주위에 많은 사람이 있어도 오히려 고독한 경우가 많다. 높은 산에 올라갈수록 공기가 없어서 괴로운 것처럼 사람도 정상에 가까워질수록 남들이 느낄 수 없는 괴로움이 생길 것이다. 많은 것을 갖게 된 사람은 양손으로 무거운 짐을 가지고 정상에 혼자 올라가야 하기 때문이다.

멀리서 보면 아름다운 에베레스트산도

실제로 올라가는 사람에게는

아름다운 것만이 아닐 것이다.

날 믿어 준 사람의 기대는 늘 더 무겁다

초등학생 때 아빠가 나에게 작은 쥐 인형을 사 주셨다. 그 당시 유행한 동물 시리즈의 미니어처 인형이었다

난 친구가 별로 없었다. 아빠가 쥐 인형을 사 주셨을 때, 아무 말도 하지 않으셨지만 내가 친구들과 함께 잘 어울리면 좋겠다는 바람을 느낄 수 있었다. 지금 생각해 보면 친구들이 날 일방적으로 왕따를 시켰다기보다 내가 같은 반 친구들과 잘 어울리지 못했던 것 같다.

그래서 같은 반 친구가 "내일 학교 쉬니까 우리 집에서 인형 놀이하자. 사유리도 너도 우리 집에 올래?"라고 말해 주었을 때 얼마나 기뻤는지 모른다.

난 아빠가 사 준 쥐 인형을 오른쪽 주머니에 넣고 친구의 집으로 갔다. 가는 도중에 몇 번이고 손을 주머니에 넣고 쥐 인형이 잘 있는지 확인했다. 마냥 기뻤다.

진구 집에 도착해서 손에 고양이 인형을 든 친구에게 내 쥐 인형을 꺼내 보여 주었다. 친구는 쥐 인형은 처음 봤다고 놀라며 말했다. 나는 이 인형은 아빠가 사 주셔서 소중한 것이라고 자랑했다. 사실 마음속으로 "오늘 너희 집에 초대해 줘서 정말 고마워."라고 말하고 싶었지만 쑥스러워서 마지막까지 하지 못했다.

'딩동!' 벨소리가 울리고, 또 다른 친구가 찾아왔다. 그 친구는 손에 많은 동물 인형을 들고 있었다. 토끼, 강아지, 고양이, 새, 두더지, 양. 그녀는 정말 아끼는 듯한 표정으로 자신의 인형을 만졌다. 그러던 중 그 친구가 내 쥐 인형을 보고 소리를 질렀다.

"아! 아! 아! 그거 내가 길에서 잃어버린 쥐 인형이야."

난 이 인형은 아빠가 사 줬다고 말했지만, 친구는 내 손에서 억지로 쥐 인형을 빼앗아 가면서 말했다.

"이거 내 거야."

다른 친구에게 "이거 내가 가져온 거지?"라고 말했더니 그 아이는 그 친구의 눈치를 보면서 "이거…… 사유리 것 아니야."라고 말했다.

결국 나는 혼자 집으로 향했다.

돌아가는 길에 눈물이 났다. 쥐 인형을 빼앗겼기 때문이 아니었다. 아빠는 지금쯤 내가 친구와 놀고 있다고 생각할 것이다. 오늘 친구와 놀고 온다고 말했을 때 기뻐하던 아빠의 표정과 안도하던 눈빛이 떠올랐다.

아빠, 미안해요. 아빠의 기대를 저버려서. 내 잘못은 아니지만 괜히 자책했다. 집에 도착하자 나를 기다리고 있던 아빠가 양팔을 벌려 안아 줬다. 내 머리를 쓰다듬는 따스한 온기를 느끼며 몰래 눈물을 삼켰다.

내가 아직도 이 일을 기억하는 이유는
나의 소중한 사람의 기대에
부응하지 못했기 때문이다.
날 믿어 준 사람의 기대는
자신의 기대보다 늘 더 무거운 법이니까…….

힘껏 날 수 있게 보내 주면 그만이다

초등학교 때 우리 반에 12명의 형제가 있는 친구가 있었다. 그 친구의 아버지는 돌아가셨고, 어머니는 청각장애가 있었다. 친구는 자주 수업을 방해하고 문제를 일으켜서 선생님과도 많이 부딪혔다.

난 어차피 공부를 하지 않아서 친구가 수업을 방해할 때마다 즐거웠고, 무엇이 튀어나올지 모르는 장난감 상자 같은 그의 성격을 좋아했다.

그런데 어느 날 그 친구가 자리에 앉아 울고 있었다. 아무리 무서운 선생님이 혼내도 울지 않던 친구였다. 너무 놀라서 왜 우느냐고 물으니 다른 친구가 "너는 아빠가 없으니까 우리 엄마가 놀지 말라고 했어."라고 말했다고 했다.

누구라고 말하지 않아도 누가 그런 말을 했는지 알 것 같았다. 그 친구는 지난번에도 가난한 친구에게 무시하는 듯한 말을 한 적이 있다. 화가 나서 그 친구에게 할 말이 있다고 했더니 엄마가 나랑도 놀지 말라고 했다고 말했다. 이유를 물어보니 "사유리는 머리가 아주 나빠서 바보가 옮아(같이 놀면 바보가 된다고)."라고 말했다는 대답이 돌아왔다.

방과 후 친구와 나는 울면서 우리 집까지 걸어왔다. 현관 벨을 누르니 엄마가 문을 열어 주었다. 익숙한 엄마의 얼굴이 그날따라 유독 반갑게 느껴졌다. 엄마에게 오늘 학교에서 있었던 이야기를 하니 엄마는 '훗훗훗' 하고 웃으면서 나와 내 친구를 안아 주며 말했다.

"엄마의 아빠도 이미 돌아가시고, 또 엄마 머리도 나쁘니 같이 울자. 그래도 울기 전에 냉장고에 있는 맛있는 케이크부터 먹자! 얼른 들어오렴."

어느덧 나는 그때의 엄마와 비슷한 나이가 되었다. 지금 그

날을 생각하니 엄마에게 더욱 감사하다. 엄마는 교육이라는 이름으로 자신의 고정관념을 자식에게 심지 않았다.

'아이는 부모가 말하는 대로 하지 않지만, 부모가 행동하는 대로 똑같이 한다.'라는 말이 있다. 사람마다 어떤 고정관념과 어떤 감정을 가지고 살아왔을지는 몰라도 그것을 자식에 강요할 권리는 누구에게도 없다.

자식의 미래를 위해서는 양 날개를 활짝 펴고 날아오를 수 있도록 도와주어야 한다. 그런데 날기도 전에 자신의 욕심으로 날개를 꺾는 바보 같은 짓은 하지 말아야 할 것이다.

우리는 우리의 아이들을 그저 양손을 벌리고
힘껏 날 수 있도록 보내 주면 그만이다.

정의가 늘 정답은 아니다

누군가는 항상 새로운 명품가방을 매는 여자는 자신을 과시하려는 사람이라고 말했다. 또 누군가는 부양할 자식이 있는데 갑자기 돈을 많이 벌어 스포츠카를 산 사람에게 '자기과시'라고 말했다.

정의 속에 감추고 있는 자신의 울분. 사람은 도덕적인 말로 자신의 울분을 풀려고 한다. 도덕적이지 않은 사람도 남의 문제에는 지독하게 도덕적으로 변한다.

우리가 사는 사회에서 정의는 꼭 필요하다. 영화에서도 주인공이 정의를 걸고 악과 열심히 싸우는 장면을 보면 감동받고 용기도 얻을 수 있다.

정의는 언제나 우리의 좋은 친구다. 그렇지만 나는 정의를 싫어한다. 지금 머릿속에 잠깐 '?' 모양이 생겨 읽은 글을 다시 보는 사람도 있을 것이다. 정확히 말하면 나는 정의야말로 언제나 올바른 길이라고 생각하는 것을 싫어한다.

엘리 비젤의 자전소설 『나이트』에 이런 장면이 나온다. 배에 탄 승객들이 원주민들에게 동전을 던졌다. 그러면 원주민들이 물속에 잠수해서 그 돈을 주웠다. 그러다 두 원주민 어린이가 동전 때문에 서로 죽일 듯이 싸웠고 한 명이 상대의 목을 심하게 조르기까지 했다.

사람들은 이 모습을 웃으며 지켜보았다. 그것을 보고 주인공이 더 이상 동전을 던지지 말라고 부탁하니 이 놀이를 가장 즐기던 귀부인이 대답했다.

"왜 안 되나요? 저는 선의로 하는 일을 좋아합니다."

한 에피소드가 있다. 버스에서 어떤 사람이 말을 더듬거리며 옆에 있는 남자에게 목적지까지 얼마나 걸리는지 물어보았다. 옆에 있는 남자는 그의 말을 듣고도 계속 무시했다. 그 상황을

처음부터 지켜보던 아저씨가 버스 문이 열리자 그 남자의 멱
살을 잡고 밀쳤다. 장애가 있는 사람, 사회적 약자를 무시하는
사람을 용서할 수 없었기 때문이다.

　버스 밖으로 밀려난 남자가 울면서 더듬더듬 말했다.

　"나도 말을 더듬거리니 대답하면 상대가 자신을 흉내 냈다
고 생각할 거잖아요. 이게 더 큰 상처를 주는 것이고 나는 누구
보다 그 고통을 잘 알아요."

그 이야기를 듣고 자신의 정의가 늘 정답이라 믿는 것은 정의가 없는 것과 같은 위험성이 있다고 생각했다. '개념이 있다' '없다'를 정의할 때 자신과 의견이 같으면 개념이 있고, 의견이 다르면 개념이 없다고 말하는 것처럼, 판단 기준의 중심에 단지 자신이 생각과 경험만을 둔다면 정의롭다고 할 수 있을까?

정의라는 이름을 앞세워
무엇을 하든 괜찮다고 생각한다면
이미 정의로부터 가장 멀리 떨어져 있는 것이다.

나를 사람으로 키우는 시간을 가지다

반려견 두 마리를 키운다. 둘 다 포메라니안 암컷이다. 둘 중 어린 반려견인 막내는 2013년 겨울에 우리 집에 왔다. 그날은 바람이 차가워서 코트 속에 숨기듯이 감싸서 서둘러 집으로 뛰어왔던 기억이 난다.

막내는 우리 집에 온 지 이틀 만에 기침을 하기 시작했다. 집 앞에 있는 동물병원에 데려갔는데 이미 코로나라는 바이러스에 감염되어서 심각한 폐렴까지 생긴 상태였다.

선생님은 걱정스러운 목소리로 말씀하셨다.

"아직 어려서 체력이 너무 약해요. 지금 병원에서 치료해도 살 가능성은 30퍼센트도 안 돼요."

막내를 입양한 반려견 분양 센터에 전화를 걸어 상황을 설명하니 내 전화를 받은 직원은 "다른 강아지와 바꿔 줄게요."라고 말했다. 고장 난 물건을 바꾸는 것처럼 너무나 쉽게…….

이 세상에 건강한 반려견은 많다. 포메라니안도, 사랑스러운 반려견도, 머리가 똑똑한 반려견도 많다. 하지만 막내는 세상에 하나뿐이다. 내가 이 세상에 하나밖에 없는 것처럼.

나는 어이가 없어서 "안 바꿔 주셔도 돼요. 그런 뜻으로 전화한 게 아니에요."라고 말했다. 그러자 직원은 "그러면 당신 강아지가 죽고 나서 다른 강아지랑 바꿔 달라고 하지 마세요."라고 말하며 전화를 끊었다.

작은 몸에 꽂힌 링거 바늘이 더욱 커 보였다. 막내가 힘들어하는 모습을 보면서 반려견과 함께한다고 결심했을 때 나 자신의 약속이 생각났다.

"우리 강아지를 마지막까지 사랑하자."

사람은 아무리 어려운 상황에서 태어나도 앞으로 어떻게 사느냐에 따라 인생이 달라지지만, 반려견은 자신을 입양한 가족에 의해 많은 영향을 받는다. 그래서 나에게 인생을 맡겨 준 우리 반려견들에게 어떤 순간이라도 잘해 주고 싶었다.

막내는 3주 동안 병원에서 치료를 받고 그 후 건강한 몸으로 돌아왔다. 막내야, 앞으로 절대 아프지 마라. 네가 아프면 내가 더 아프니까.

강아지는 매년 네 살씩 나이를 먹는다고 한다. 그래서 우리 아기들은 앞으로 나보다 네 배 행복해야 한다. 나는 그 행복을 지키기 위해 마지막까지 노력할 것이다.

우리 반려견들은 나에게
단지 강아지를 키우는 시간을 준 것만 아니라
나 스스로를 사람으로 키우는 시간도 주었다.

오리코 모모코

내가 살아있다고 느낄 때는,
내 심장 소리를 들을 때가 아닌
네가 웃어 주는 그 순간.

'기브 앤드 테이크'의 진짜 의미는
먼저 주는 것

한 등산가가 이렇게 말했다.

"높은 산에서는 산소가 부족해서 조급하게 공기를 들이마시려 하지만 그럴 때일수록 숨을 천천히 내쉬어야 한다. 숨을 내쉴수록 산소가 몸속에 들어온다. 조급하게 먼저 달라고 하면 오지 않는다. 무엇인가 필요하면 나부터 베풀어야 한다."

사실 무언가를 받기 전에 자신이 주는 것에 집중해야 하는데 우리는 이런 마음을 쉽게 잊어버린다.

남에게 무언가를 얻는 것밖에는 생각하지 못해
늘 천상 거지처럼 마음이 배고프다.

우연히 남대문 앞에서 매일 붕어빵을 파는 할머니와 알게
되어 친해졌다. 할머니는 배가 고픈 사람들이 있으면 붕어빵
을 그냥 나눠 주셨다. 돈이 얼마 남지 않더라도 할머니는 늘 행
복한 표정으로 붕어빵을 만들었다.

할머니는 아침 일찍 집을 나와 밤늦게까지 일했다. 매서운
추위 속에서 종일 서서 일하느라 늘 다리가 많이 부어 있었다.

그러던 중 한 촬영에서 다리를 따뜻하게 하는 기구를 선물
받아서 바로 할머니께 뛰어갔다. 할머니는 나를 보자마자 춥
지 않느냐고 물어보며 붕어빵 한 봉지를 주셨다. 내가 다리를
따뜻하게 하는 기구를 선물하자 할머니는 연신 고맙고 미안하
다고 말씀하셨다.

'기브 앤드 테이크'

할머니가 배고픈 사람들에게 붕어빵을 아낌없이 나눠 주는
모습을 보며 많이 배웠다. 꼭 합당한 이유에 따라 마음을 주는

것보다 이유 없이 마음을 주는 것이야말로 사람의 마음을 더욱 감동시킨다는 것을.

'give and take(기브 앤드 테이크)'라는 말은 서로 주고받는다는 뜻이지만 여기서 '기브'라는 말이 앞에 먼저 오는 것을 눈여겨봐야 한다.

'나도 주니 너도 줘.'가 아닌 내가 먼저 주는 것 자체가 의미 있는 것이다.

맹도견은 새끼 때 일반 집에 한 살까지 맡겨진다고 한다. 사람에게 많은 사랑을 받고 자라면 강아지가 어른이 되어서 스스로 사람을 지키고 싶은 마음이 생긴다. 맹도견은 엄격한 훈련을 받기 전에 사랑을 받으면서 사랑을 배우는 것이다.

상대에게 얼마나 사랑을 받을 수 있느냐보다
일단 자신이 얼마나 사랑을 줄 수 있느냐에 집중하자.
그래야 진정한 기브 앤드 테이크가 아닐까 싶다.

용기는 두려움을 소중함으로 바꾼다

우리는 언제 두려움을 느낄까. 어떤 사람은 새로운 것을 도전할 때라고 답하고 어떤 사람은 자신의 일이 잘 안 풀릴 때라고 답할 것이다. 사람마다 두려운 것은 조금씩 다르다.

놀이공원 귀신의 집에서 사람의 공포심을 실험하는 방송을 봤다. 신기하게도 사람이 아기를 안고 있을 때 평소보다 더 큰 공포를 느껴 심장박동 수가 높게 올라간다는 결과가 나왔다. 전문가는 무의식적으로 사람이 아기를 지켜야 한다고 느끼기 때문에 그만큼 심리적인 부담이 더 커진다고 말했다.

지켜야 하는 존재가 있을 때 사람의 공포심이 커진다면 그

것은 용감한 일이다. 그 공포심이야말로 우리가 약한 존재를 지켜야 한다는 것을 본능적으로 이미 깨닫고 있다는 증거이기 때문이다.

"공포와 용기가 얼마나 가까이에 공존하느냐는
적을 향해 돌진하는 자가 가장 잘 알고 있다."

독일의 시인 모르겐슈테른의 말이다. 그에 따르면 공포와 용기는 같은 연장선상에 존재한다. 절대 반대 방향에 존재하지 않는다. 많든 적든 모든 사람이 두려움을 갖고 살아간다.

『언씽커블』이라는 책에 흥미로운 이야기가 나온다. 극도의 스트레스에 대한 면역을 가진 미국 특수부대 군인들 중 아동 학대를 받은 사람의 비율이 높다. 그들은 일찍이 받은 심적 외상에 고통받기보다 오히려 그것을 잘 극복한 것처럼 보인다고 한다.

어떤 단체에서는 심적 외상이 정신적 붕괴로 이어진다고 했지만 또 다른 곳에서는 그 상황에 대처하는 방법을 배우게 된다고

보고했다. 이처럼 우리가 가진 어두운 과거마저도 힘을 발휘
할 수 있다는 것을 알 수 있다.

우리는 공포에 강한 사람을 용자라고 말하지만,
두려움을 안아 그것을
자신의 소중한 것으로 만들어 내는 사람이
진정한 용자다.

더러운 피는 건강을,
더러운 돈은 자신을 파괴한다

만약 잘 모르는 사람이 다가와 당신에게 한 방울의 피를 주사하면 안 되느냐고 묻는다면 누구나 거절할 것이다. 그런데 만약 잘 모르는 사람이 당신에게 다가와 여기에 10원이 있는데 받아 주면 안 되느냐고 하면 수상하다고 느껴도 돈을 받는 사람이 있을 것이다.

피는 한 방울이라도 몸속에 들어가면 전염병에 걸려서 온몸이 파괴될 가능성이 있다는 것을 알기 때문이다. 그런데 돈은(특히 동전일수록) 어디서 오는지 확실하지 않아도 지갑 속에 넣는 것을 예민하게 생각하지 않는다.

예전에 초밥 체인 회사에서 모델 제의를 받았다. 그때 나는 일본 도시락 모델을 하고 있어서 혹시나 같은 일본 음식이라 문제가 생길까 봐 도시락 회사에 문의했다. 거기서 음식이 많이 겹치니 모델을 하지 않았으면 좋겠다고 했다. 덧붙여 나를 생각해서 도시락 모델 계약을 파기해 주는 대신 초밥 광고비의 5분의 1을 달라고 했다.

솔직히 많이 아쉬웠지만, 끝까지 그것을 받아들일 수 없다고 말했다. 단순히 광고비 5분의 1이 아까워서가 아니라 순서가 잘못됐기 때문이었다. 지금 진행하는 일을 자신의 욕심으로 파기하는 것은 자신의 일에 대한 모독이다. 이렇게 자신의 일을 배신하면 언젠가 일도 나를 배신할 것이라 생각했다.

그 일이 있고 6개월 정도 후에 도시락 회사의 대표님으로부터 다른 용건으로 전화가 왔다. 이야기 중에 대표님께 그분의 안부를 물어보니 그는 이미 1년 전에 회사에서 문제를 일으켜 해고됐다고 했다. 나에게 계약 파기 합의서를 써 주겠다고 했을 때 이미 그 회사에 없었다. 대표님은 그 사실을 듣고 그가 사기를 친 것이라며 놀랐고 나에게 거듭 사과했다.

그 이야기를 듣고 나니 내 마음이 한결 가벼워졌다. 내가 그때 욕심을 이기지 못하고 그에게 광고비 일부를 보냈다면, 이 세상에 사기꾼 한 명을 더 만들었을 것이다.

만나는 모든 사람과 좋은 관계를 유지할 수는 없지만,
한순간이라도
좋은 영향을 끼칠 수 있는 사람이 되고 싶다.
남을 위해서가 아닌 나 자신을 위해서.

더러운 돈은(사실 사람이 돈을 더럽게 쓰는 것이다. 더러운 돈이라는 표현에 오해가 없기 바란다.) 마이너스의 사슬을 만들어 낸다. 누군가에게서 훔쳐 온 돈은 또 누군가 훔쳐 갈 가능성이 크다. 그 마이너스의 사슬을 끊어내는 것이 쉽지 않지만 이 세상에는 고마운 돈 또한 많다.

우리가 얼마나 많은 돈을 버느냐보다 어떻게 돈을 버느냐가 더 중요하다고 생각하면 좋은 사슬이 만들어질 것이다.

진정한 정신의 자유인이 되자

기쁠 때나 슬플 때, 실연당했을 때, 상처받았을 때, 잠이 오지 않을 때면 침대에 기대어 읽는 책이 있다. 빅터 프랭클의 『죽음의 수용소에서』라는 책인데, 이 자서전은 나에게 '인간이란 무엇인가'에 대한 고민을 던져 주었다.

심리학자였던 유대인 작가가 독일의 아우슈비츠 강제 수용소에서 겪었던 체험 수기다. 그는 피해자인 유대인의 시선으로만 바라보지 않았다. 어디까지나 평등한 시선으로 살육, 병, 폭력, 장시간의 노동으로 수면 부족을 겪고, 하루에 딱 한 개만 주어지는 작은 빵으로 연명하며 살아가는 사람들의 모습을 보여 주고 이들의 심리 상태를 통해 인간 본연의 모습에 대해 말한다.

실제로 그런 힘든 상황 속에서 병든 사람에게 자신의 빵을 나눠 준 사람이 있었다고 한다. 자신도 먹지 않으면 굶어 죽을지도 모르는 상황에서 단 한 개의 빵을 다른 이에게 준 것이다. 그 사람은 이미 죽었을지도 모른다.

그는 모든 사람이 동경하는 영웅이 아니었다. 그저 이름 없는 한 명의 사람일 뿐이었다. 시대도, 시간도, 국경도 다른 그는 내게 인간에 대한 강한 희망을 심어 주었다.

빅터 프랭클은 말했다.

"강제 수용소에 인간을 가둬 두고 모든 것을 빼앗을 수는 있겠지만, 단 한 가지, 인간이 가진 정신의 자유만큼은 빼앗을 수 없다."

그 말을 그대로 증명하고 있는 것이 빅터 프랭클 바로 그 자신일 것이다.

누군가 그에게 질문했다.

"당신의 부모와 부인도 독일인에게 무참히 살해당했는데 왜 지금까지 독일인과 친하게 교류하고 있습니까?"

그는 이렇게 대답했다.

"나는 유대인이라는 이유로
차별과 미움을 받았죠.
왜 독일인이라는 이유만으로
그들을 차별하고 미워해야 하나요?"

진정한 정신적 자유인은 우리의 정신을
한 차원 높은 곳으로 이끌어 준다.

감사는 악의적인 말과 행동을 이긴다

〈미수다〉에 출연하던 시절, 인터넷에서 어떤 남성으로부터 계속 괴롭힘을 당했다. 이른바 악플러였다. 방송에 나오면 악플러가 생기는 것도 하나의 관심이라고 생각해야 했지만 지나친 관심은 독이 되었고 그 독을 마실 때마다 마음속에 점점 독이 차올랐다.

그 남성이 매일 수백 건이나 되는 유언비어와 악담을 유명 포털 게시판이나 사람들의 눈에 잘 띄는 곳에 계속해서 올렸을 때, 날 모델로 뽑은 광고 회사에 계속해서 나를 비방하는 전화를 했을 때, 나에게 빨리 죽으라고 하는 이메일을 보내 왔을 때, 나에게 상처를 줄 수는 있었지만 나의 영혼을 깎아내릴 수는 없었다.

누군가 한 사람을 깎아내리려고 아무리 욕하고 얼굴에 침을 뱉어도 그 사람의 영혼은 조금도 깎아내릴 수 없다. 누군가를 깎아내릴 수 있는 존재는 이 세상에 딱 한 명밖에 없다. 바로 자기 자신이다.

존 하워드 그리핀의 소설 『블랙 라이크 미』에 이런 장면이 있다. 1959년에 미국 미시시피로 가는 장거리 버스가 중간에 휴식을 취하기 위해 10분간 정지했을 때, 백인은 잠시 버스에서 내려 화장실에 갈 수 있었지만, 흑인은 화장실 가는 것을 운전기사가 허락해 주지 않았다. 결국 참다못한 한 흑인이 버스 안에서 오줌을 싸기 시작했다. 그 모습을 본 다른 흑인들은 운전기사에 대한 복수심에 기뻐했지만 그중 한 사람이 이렇게 말했다.

"하지 말자. 이런 행동을 하면 결국 우릴 비난할 평계를 만들 뿐이야. 흑인은 역시 화장실 가는 방법도 모른다고 말이야!"

그 말은 버스에서 오줌 싸는 행동이야말로 자신을 깎아내리는 것이라고 깨닫게 해 주었다.

복수는 약해서 못 하는 것이 아니라
용감하기 때문에 하지 않는 것이다.

누군가 버스에서 오줌을 싸는 것은 운전기사를 깎아내리는
행동이 아니다. 이미 운전기사는 자신의 행동으로 자신의 인
격을 깎아내렸다.

한 버스 운전기사는 흑인을 능욕하기 위해 의도적으로 백인
에게만 인사를 했다. 그러다 백인에게 인사를 한다는 것이 타
이밍이 맞지 않아 흑인에게 인사를 하고 말았다. 백인들은 아
무 말도 하지 않고 가 버렸지만 그때 흑인은 자신에게 인사를
한 것이 아닌 줄 알면서도 공손하게 "땡큐."라고 대답했다.

백인 작가 존 하워드는 그것을 '승리의 순간'이라고 표현했
다. 그 흑인은 자신이 다른 승객보다 그리고 그 운전기사보다
예의가 있다는 것을 입증했기 때문이다.

악의적인 말과 행동에 이기는 유일한 방법은
그것을 좋게 받아들이고 감사하는 것이다.

씨에 시 에   나 도
            씨에 세에

고마워   고마워
         나 도

아리가토무   나도 아리가토우

땡큐   땡큐
       나도

짜증날 때 가운뎃손가락을 세워도 된다.
하지만 검지를 세우고
브이를 만들 수 있는 사람이 멋있다.
당신이라면 할 수 있다.
누구보다 용감한 사람이니까.

어떻게 살았더라

마음의 문을 여는 방법은 사람마다 다르다

일본에서 친하게 지내는 동생이 한 남자 배우를 짝사랑한다고 했다. 그는 여자들에게 인기가 많았고, 그동안 사귄 여자들도 모두 유명하고 아름다웠다.

동생은 그가 촬영 때문에 다음 주부터 몇 개월 동안 해외로 떠나니 출발하는 날 공항에 가서 편지를 주고 싶다고 했다. 그리고 나더러 편지를 대신 써 달라고 부탁했다.

연애편지는 본인이 써야 하지만 동생에게 이미 밥을 얻어먹어서 어찌할 방법이 없었다. 하지만 막상 쓰다보니 재밌어서 결국 5장이나 썼다. 가벼운 단편 소설 수준이었다.

인기가 많은 사람이니 지금까지 여자들에게서 많은 편지를 받아 봤겠지. 나는 특히나 인상적인 편지를 쓰고 싶었다.

'저는 물고기예요. 지금 물속에서 이 편지를 쓰고 있어요. 부글부글…….'로 시작한 글은 '내일 누가 나를 낚아서 이 세상을 떠날 수도 있지만 당신이 타고 있는 비행기가 안전하게 지나갈 때까지 바닷속에서 지켜보고 있을 거예요.'라는 말로 끝을 맺었다.

며칠 후, 그 동생에게서 전화가 왔다. 수화기 너머로 흥분한 동생의 목소리가 그대로 전달되었다. 그가 해외에 도착하자마자 비행기 안에서 그 편지를 읽고 대성통곡을 했다며 전화를 걸었다고 했다.

나는 방송에서 남자 연예인이 나오면 좋다고 하지만 실제로는 남자에게 쉽게 마음을 열지 않는다. 그 점을 아는 친구들은 나더러 눈이 높다고 한다.

내 마음의 비밀번호는 심플하다.
그의 정신세계에 자유가 있는지 딱 이것만 본다.

고등학교를 나오지 않아도 괜찮고,

차가 없어도 괜찮고,

키가 나보다 작아도 괜찮다.

어떤 사회적인 상황에서도 편견과 차별로 묶이지 않는 정신
이 자유로운 사람이라면…….

사실 이것이 사람들에게 가장 어려운 조건인지도 모른다.
나의 비밀번호를 눌러 주고 열어 주는 사람이 있다면 그의 마
음은 누구보다 아름다울 것이다.

사람의 취향은 정말 어느 누구도 모른다.

그러므로 마음의 문을 여는 방법도

사람마다 다르다.

어려움을 알면서도 노력하는 사람들은
이미 영웅이다

타인이 하는 무엇인가를 하지 않았으면 좋겠다고 말하는 것
은 결국 강요하는 행동이다. 자신의 의견을 남에게 강요하는
것은 자신이 올바르다는 것을 전제로 한다.

이것은 그 자체만으로도 의심스러운 일이다. 남에게 자신의
생각을 강요할수록 '공감'하는 마음은 멀어져 간다.

아만다 리플리의 『언씽커블』이라는 책을 보면, 유대인 사회학
자 사무엘 올리나는 나치스가 벌인 유대인 학살에서 자신의 목
숨을 걸고 유대인을 구한 400명과 반대로 아무도 구하지 않은

72명의 사람을 25년 동안 인터뷰했다.

그 결과 각각의 차이는 유전도, 성격도, 문화도, 종교도 아니었고, 빈부 격차도, 유대인을 더 많이 아는 것도 아니었다고 한다. 유대인을 구한 사람들은 자신과 다른 종교와 계급을 가진 친구가 특히 많았고, 부모와의 관계도 더욱 가까웠다고 한다. 올리나는 구조자들이 부모에게서 평등주의와 정의를 배웠고, 그 교육을 통해 영웅들의 가장 중요한 특징인 '공감'이 생겼다고 말한다.

우리가 영웅이 아닐지라도 자신과 다른 것을 받아들이는 마음은 매우 중요하다. 다른 의견을 받아들이고 남과 공감하면 결국 자신의 감정을 이기고 사물을 유연성 있게 바라볼 수 있기 때문이다.

자신과 같은 의견을 받아들이는 것은
공기를 마시는 것처럼 쉽지만,
자신과 다른 의견을 받아들이는 것은
공기를 마시지 않는 것처럼 어렵다.
그래도 그 어려움을 알면서 노력하는 사람은
이미 우리의 영웅이다.

가장 불리한 것은 포기다

우리는 어렸을 때부터 지금까지 어떤 꿈을 꾸고 어떤 꿈을 포기해 왔을까. 그 포기한 꿈을 꺼내서 책상 위에 늘여 놓으면 노력하기 전에 포기해 버린 것도 많을 것이다.

부모님이 반대해서, 같은 꿈을 꾸는 친구가 자신보다 잘하니까, 어차피 해도 안 될 것 같아서, 나이가 많아서, 돈이 없어서, 좋은 학교를 나오지 않아서…….

포기한 이유를 찾으려고 하면 눈을 깜빡거리는 것만큼 쉽게 찾을 수 있다.

새가 아무리 큰 날개를 가지고 태어나도 하늘을 날 수 있다는

믿음이 없으면 날지 못하는 것처럼, 우리가 아무리 가능성을
가지고 태어났어도 믿음이 없으면 꿈에 다가갈 수 없다.

토르스텐 하베너는 이렇게 말했다.
"코끼리가 어렸을 때 무거운 쇠사슬로 묶어 두면 커서 로프
로 묶어 두어도 도망가지 않는다. 어렸을 때의 경험 때문에 도
망갈 수 없다고 생각하고 포기해 버리기 때문이다."

우리도 코끼리처럼 보이지 않는 사슬에 묶여 있지 않을까.
우리가 먼저 해야 하는 것은 그 사슬을 떼어 내는 것이다.
"나는 이런 사람이다.", "이런 능력밖에 없다."라고 단정 지어
버리는 것은 어리석은 일이다.

스스로 가진 편견을 버릴 때
처음으로 자신의 가능성이
밖으로 나올 수 있기 때문이다.

60세가 넘어 치킨 사업에 성공한 KFC 할아버지도, 키가 크지

않지만 최고의 축구선수가 된 메시도 불리하다고 생각되는 조건으로 성공을 거두었다. 그들도 남의 편견에 귀 기울이고 자신의 믿음을 버렸다면 성공에서 멀어졌을 것이다.

가장 불리한 것은 자신이 불리하다고 생각하고
포기하려는 것이다.
우리가 우리의 꿈을 아낀다면
우리의 꿈도 우리를 아껴 줄 것이다.

신뢰는 우리가 가진 전 재산보다 가치 있다

    방송 작가님들로부터 출연 섭외 전화를 받을 때마다 나는 꼭 출연료를 물어본다. 그게 당연하지 않냐고 생각하는 사람도 있지만 매니저도 아닌 본인이 직접 금액을 말하기는 사실 불편하다.

    함께 방송에 출연했던 '미수다' 친구들은 대부분 출연료가 얼마인지 물어보지 않았다고 한다. 매니저 없이 혼자 일하는 연예인 친구들에게도 물어보면 마찬가지로 돈 이야기를 꺼내기 조심스럽다고 한다. 많은 사람이 이렇게 말한다.

    "돈을 밝히는 사람처럼 보이는 것은 안 좋아."

    그만큼 돈으로 사람의 숨겨진 본성을 볼 수 있기 때문이다.

전 미국 대통령 링컨은 "내가 노예가 되고 싶지 않은 만큼 집에 노예를 두고 주인 행세도 하지 않을 것이다."라고 말했다. 바로 이것이 내가 가지고 있는 돈의 개념이다. 나는 돈의 노예도 주인도 되고 싶지 않다. 돈과 동등한 사이가 되고 싶다.

일을 시작하기 전에 출연료 이야기를 먼저 확실하게 하고 만약 처음에 들었던 금액과 다른 금액을 받으면 따지기도 한다. 그래도 만약 촬영에서 내가 제 역할을 하지 못했거나 잘하지 못했을 때는 절대로 출연료를 받지 않는다. 제대로 일을 하지 못했으면서 돈을 받으면 나와 돈의 동등한 사이가 무너지기 때문이다.

만약 누가 갑자기 촬영을 펑크 내는 상황에서 급하게 날 부를 때도 출연료를 받지 않을 마음으로 간다. 상대가 힘들고 급한 상황에서 돈 이야기를 꺼내는 것은 어려운 사람의 약점을 이용하는 것과 같기 때문이다.

돈을 얼마나 버느냐보다
어떻게 버느냐가 중요하다.

내가 돈에 성실하게 다가가면 나중에 돈도 나에게 성실하게 다가올 것이고, 그 결과 내 주위에 성실한 사람들이 모일 것이라고 믿는다.

언제부터인가 방송에서 솔직한 이미지가 생겼지만 원래 내가 솔직한 것보다 솔직한 이미지 때문에 더욱 솔직해야 한다는 책임감이 생겼다.

예를 들면 홈쇼핑에서 물건을 파는 촬영 섭외가 오면, 건방지게 들릴 수 있지만 나는 하지 않는다. 마음에 들지 않는 물건을 무조건 좋다고 하면 안 된다는 책임감이 있기 때문이다.

물론 홈쇼핑 출연자 중에 좋은 물건들을 많은 사람에게 알려 주고 싶다는 신념으로 일하는 사람들도 많을 거다. 그런 분들을 비하할 마음은 전혀 없다. 단지 나로서는 '사유리는 솔직하다.'라는 사람들의 기대와 믿음을 팔면서 얻을 게 하나도 없다는 뜻이다.

신뢰는 돈과 다르게 셀 수 없는 가치이지만
우리가 가진 전 재산보다 가치 있기 때문이다.

나는 날개 없는 천사를 만났다

　살면서 천사를 본 적이 있냐고 물으면 사람들은 웃을 것이다. 그리고 이 세상에 천사는 없다고 말할 것이다. 나는 천사를 만났다. 날개가 있는 동화 속 천사가 아닌 살아 있는 천사를.

　나는 초등학생 때 버스를 타고 등하교를 했다. 집으로 돌아가는 버스에서 종종 특수학교에 다니는 다운증후군 여학생 한 명을 만났다. 그녀는 길에서 쓰러져도 머리를 다치지 않게 헤드기어를 쓰고 있었다. 그리고 가장 해가 밝게 보이는 양지 쪽 자리에 혼자 조용히 앉아 있었다.

　그날은 겨울이라 해가 생각보다 빨리 저물었다. 버스를 탈 때는 그렇게 어둡지 않았는데 버스에서 내릴 때가 되니 밖이 캄캄했다.

그 여학생과 나를 빼고 다른 승객들은 빠른 속도로 다른 방향으로 갔다. 나는 그녀의 뒷모습을 보며 걸어가고 있었다. 왠지 그녀도, 그녀가 끼고 있는 헤드기어도 내 눈으로 모독하기 싫었다. 그러다가 나보다 조금 더 앞서 걷던 그녀가 천천히 뒤돌아 작은 목소리로 나에게 말했다.

"걱정 마요. 나는 아무것도 안하니까…… 그래도 내 모습이 무섭지요? 빨리 내 앞으로 가세요. 그럼 마음이 편할 거예요."

그녀는 자신이 무섭게 보일까 봐 남을 배려해 주었다. 그러고는 자신에게 주어진 환경 그리고 그것과 연결된 모든 고통에 혼자서 맞서고 있었다. 나는 고개를 가로저었다. 그리고 그녀에게 함께 걷자고 말했다.

조금 전까지는 캄캄해서 무서웠던 하늘이 아름답게 느껴졌다. 그녀와 나는 하늘에 있는 별을 세며 집으로 갔다. 그녀는 기쁜 표정으로 계속 별을 쳐다보고 있었다. 나는 그날 천사를 보았다. 헤드기어를 낀 순백의 천사를.

날개가 없어도 남에게 희망을 주는 천사가
이 세상에 있다.
그가 인생에 보여 주는 자세만으로도
내게 큰 용기를 주었다.
그러한 존재를 참다운 천사라고
부르고 싶다.

보이지 않는 수많은 존재가 당신을 응원한다

만약 내가 행복하다면 나와 연결된 모든 사람들 덕분이다.

아침에 일어나서 생각나는 얼굴들, "굿모닝!" 하고 말하고 싶은 사람들, 늘 나의 마음속에 긍정적이고 새로운 바람을 불어 준 인생의 개척자들. 난 나와 연결된 사람들을 사랑한다.

앞으로 만나는 사람들과 아직 만나지 못한 사람들(이 글을 읽는 바로 당신)에게도 진심으로 감사하고 싶다. 당신의 소중한 시간을 이 책을 통해 공유하는 것에 감사하다.

사람은 사람에게 상처를 입지만 사람이 그 상처를 감싸 줄 붕대 같은 존재가 되기도 한다. 하지만 꼭 기억해야 할 것이 있다.

바로 우리 인간에게 행복과 평화를 주는 존재는 절대 인간만이 아니라는 것을.

아인슈타인은 지구에서 벌이 없어지면 인간은 4년 이상 살수 없다고 했다. 벌이 없어지면 수분이 부족하고, 수분이 이루어지지 않으면 식물이 없어진다. 이로써 결국 인간도 살 수 없다. 벌뿐 아니라 우리가 평소 의식하지도 않았던 생물들도 우리 생활에 도움을 주고 있다.

1958년, 중국에서 참새가 농작물을 먹었다는 이유로 3일 동안 참새 40만 마리를 죽였다. 그러나 해충을 먹어 주던 참새가 없어지자 해충이 대량 발생해 결국 참새가 있을 때보다 훨씬 많은 아사자가 생겼다고 한다.

인간이 인간을 지탱한다고 생각하겠지만 실상 이런 작은 친구들도 우리를 지탱하고 있는 것이다. 그렇다면 지구 밖에도 우리를 지탱해 주는 존재가 있다는 것을 기억하자.

목성은 태양계 행성 중 가장 크기 때문에 중력이 제일 강하다. 목성의 힘은 태양에 가까워지는 운석의 방향을 바꾸거나 목성 쪽으로 당겨 준다. 목성 덕분에 지구로 떨어지는 운석의 수가 1,000분의 1까지 감소한다. 지구 밖에도 우리 인간을 지켜 주는 큰 친구가 있는 것이다. 우리가 고마워하지 않아도 늘 곁에 함께 있어 준 목성에게 감사한다.

"나는 하루에 100번씩 스스로에게 되뇐다. 나의 정신적 · 물질적 생활이 타인의 노동으로 이루어지고 있다는 것을."

벌에게도 존경심을 보인 아인슈타인의 말이다.

우리는 인식하지 못한 존재로부터

매일 도움을 받으며 살고 있다.

당신을 사랑하는 사람들뿐 아니라

보이지 않는 수많은 존재로부터

우리는 지탱받으며 산다.

오늘도 마음속 창문을 부지런히 닦아 내자

어느 날, 집 소파에 누워서 밖을 봤더니 하늘에 구름이 잔뜩 끼어 있었다.

'이상하네. 밖에 나갔을 때 날씨가 꽤 좋았는데⋯⋯.' 라섹 수술을 해서 구석구석까지 보이는 눈을 더욱 크게 뜨고 자세히 봤더니 오랫동안 청소를 하지 않아 지저분한 창문이 눈에 들어왔다. 솔직히 대박이라고 말하고 싶을 만큼⋯. 창문을 통하지 않고 바로 하늘을 올려 봤을 땐 맑고 아름다웠던 하늘이, 뿌연 창문을 통해 보니 흐려 보였고, 더 이상 아름답지 않았다.

어쩌면 창문이 사람의 마음과 같을지도 모른다는 생각이 든다. 우리는 각자 마음의 창문을 통해 세상을 보고 판단한다.

그래서 마음의 창문을 깨끗이 닦지 않으면 세상도 흐리게 보일 뿐이다.

자신의 창문을 닦을 용기가 있는 사람은 결국 사람들에게도 긍정적인 용기를 준다. 자신과 남을 사랑하고 무슨 일이든 좋은 부분을 찾아내는 데 천재다. 이런 사람의 마음속 창문을 통해 보이는 하늘은 늘 맑고 시원하며 아름답다.

반대로 부정적인 사람은 자신은 한 번도 잘못해 본 적이 없는 것처럼 남을 비판하고, 무슨 일이든 나쁜 부분을 찾아내는 데 천재다.(이런 사람은 바나나의 껍질만 먹고 바나나가 맛없다고 할 것이다.) 이런 사람의 마음속 창문으로 보는 하늘은 늘 흐릴 수밖에 없다.

이 세상을 더욱 빛나게 하는 것도,
이 세상을 더욱 두렵게 만드는 것도
우리의 생각에 달려 있다.
그 빛나는 생각과 상상을 위해

오늘도 우리 마음속 창문을
부지런히 닦아 내자.

나의 인연을 열렬히 환영한다

우리 수명을 80년이라고 가정하면 우리가 가지고 있는 시간은 25억 2천 2백 8만 초다. 세계에 있는 60억 명의 사람과 만나려고 하면 한 명에게 주어지는 시간은 0.42초다. 0.42초 안에 이름이라도 물어볼 수 있을까. 인사만 하고 바로 이별하는 인생은 생각만 해도 쓸쓸하다.

사람은 태어나서 죽을 때까지 길거리를 지날 때 만난 사람까지 포함하면 평균 5만 명의 사람과 만난다고 한다. 우리는 그 5만 명 중 누군가와 사랑을 하기도 하고 다투기도 하고 이별을 하기도 한다. 그런 사람과의 관계를 흔히 인연이라고 한다.

예전에는 누군가와 헤어지고 나면 인연이 아니라고 생각했지만 지금은 다르다. 인생에 한 번이라도 스쳐 지나간 적이 있다면 인연이다.

그중에는 상처만 남기고 떠난 사람도 있다. 그래도 후회스러운 인연 덕분에 다른 인연을 더욱 가치 있게 느낄 수 있었다.

앞으로 내가 만날 사람들이 어느 나라 사람일지, 어떤 종교를 가지고 있을지, 착한 사람일지, 까칠한 사람일지, 발 냄새가 날지 안 날지 모르겠지만 한순간이라도 나와 같은 시간을 공유하게 된 것을 환영한다.

반갑다, 사람들!

우리는 옆에 있는 사람이 화가 나면 자기도 모르게 화가 나고 옆에 있는 사람이 웃으면 자기도 모르게 웃음이 난다. 긍정적인 감정도, 부정적인 감정도 쉽게 주변으로 퍼진다. 그래서 당신이 지금 긍정적인 감정을 갖고 있다면 당신의 수많은 인연도 긍정적인 영향을 받는 것이다.

이 세상에는 플러스의 사슬과 마이너스의 사슬이 기차처럼 우리 앞을 오간다.

마이너스의 사슬을 끊으려면 용기가 필요하고,
플러스의 사슬을 이으려면 사랑이 필요하다.
자신의 인연을 아끼는 사람들은
대개 용기와 사랑을 가지고 있다.

막대한 규모로 기부를 하는 빌 게이츠, 인종차별에 맞선 마틴 루터킹이 아니라도 충분히 세계 평화에 이바지하는 사람들이 있다. 그것은 바로 자신의 인연을 소중하게 생각하는 사람들이다.

평범한 이들이 있기에
이 세상은 아직 살 만하다.

우리는 누구나 약한 존재다

프로이트는 말했다.

"힘은 당신의 약함 속에서 태어난다."

사람은 누구나 한두 개 정도의 약점이 있다. 나도 약점이 많다. 그중 하나가 예민한 성격이다. 남이 보기에 큰 문제가 아닌 것에도 집착하고, 쉽게 불안해하고, 작아진다. 또 다른 사람의 사소한 말을 하나하나 신경 쓰다 며칠 동안 잠도 제대로 못 자기도 한다.

이런 피곤한 성격을 탓에 스스로를 위로하고 싶어 글을 쓰기 시작했다. 나의 불안한 감정을 뼛속까지 분석하고 그것을 글로 표현하면서 나의 공포심도 서서히 사라졌다. 프로이트의 말대로 나의 힘은 가장 약함 속에서 희미한 빛을 비추고 있었던 것이다.

프랑스를 상징하는 에펠탑을 건설한 공학자 에펠은 키가 164센티미터(에펠의 키에 대해서는 의견이 분분하다. 152센티미터라고 하는 사람도 있고 164센티미터라고 하는 사람도 있다.)였다. 에펠은 자신이 키가 작아서인지 더욱 거대한 건물을 세우려는 열망을 가지고 있었다.

에펠탑을 건설할 당시 특이한 외관 때문에 많은 사람에게 비판을 받았고, 특히 프랑스 예술가들은 에펠탑 건설 항의 성명까지 보냈다.

에펠의 키를 비하하는 말인 "에펠탑을 올라가기 힘들면 에펠을 올라가라."라는 말까지 생겼지만 현재 에펠탑은 프랑스뿐 아니라 세계에서 사랑받는 건축물이 되었다. 만약 많은 사람의 비판이나 험담으로 에펠이 자신의 꿈을 중간에 포기했다면 현재 프랑스에 에펠탑은 없었을 것이다.

여름밤 가로등이나 밝은 조명에 많은 해충이 모여든다.

처음엔 수많은 해충이 줄을 이어 빛에 다가가는 모습이 신기했지만 곧 인간의 모습과 다를 바 없이 느껴졌다. 불빛이 있는 곳에 해충들이 모이는 것처럼 빛이 나는 사람에게 마음 없는 사람이 다가가는 경우가 많기 때문이다.

때로는 상처를 주고 때로는 이용하려고 기다린다. 하지만 그 빛이 더 강해지면 곧 그들은 사라질 것이다. 해충이 빛에 더욱 다가가면 결국 타서 떨어지는 것처럼.

우리는 누구나 약한 존재다.
그래도 자신의 약한 부분을 아는 사람은
강한 사람보다 더 강하게 살 수 있다.

지켜 주고 싶은 마음이 더 크면 결혼하라

어릴 때부터 엄마가 아빠의 이마에 뽀뽀하는 모습을 많이 봐 왔다. 그때마다 엄마는 꼭 이렇게 말했다.

"내가 태어난 이유는 딱 하나, 사유리의 아빠를 행복하게 해 주기 위해서야."

어느 날, 엄마에게 어떤 사람과 결혼해야 하는지 물었더니 이렇게 대답했다.

"부모님이 반대하더라도 결혼하고 싶은 마음이 생기는 사람과 결혼해야지. 사유리, 그가 널 지켜 주고 싶은 마음보다 네가 그를 지켜 주고 싶은 마음이 더 크면 그때 결혼해."

외할아버지는 엄마와 아빠의 결혼을 무척 심하게 반대했다고 한다. 외할아버지는 친구 아들인 의사와 엄마를 결혼시키고 싶어 했다.

결국 엄마는 부모님이 자는 틈을 타 2층에 있던 자신의 방에서 맨발로 뛰어내렸고, 그 길로 어둠을 뚫고 아빠에게 달려가 결혼했다.

엄마는 웃으며 이렇게 말했다.

"지금 생각하면 너무 무모한 행동이었지만 그게 부모님을 평생 미워하지 않을 유일한 방법이었어."

"사유리, 좋은 학교에 다니는 남자를 찾지 말고
네가 좋은 학교를 다녀.
좋은 차를 가진 남자를 찾지 말고
네가 좋은 차를 가져.
돈 많은 남자를 찾지 말고 스스로 돈을 벌어.
넌 가진 게 없으면서 상대에게 바라지 마.
그리고 네가 상대방보다 하나 더 가지고 있어도
상대를 절대 무시하지 마."

엄마의 말은 나에게 큰 용기를 주었다. 상대가 가진 것에 전혀 의지하지 않는 용기를. 여자라는 핑계로 스스로를 작아지게 만들지 않는 자존심을.

"사유리 씨가 한국과 일본 중 어느 나라 남자랑 결혼했으면 좋겠어요?"

엄마가 한국에서 많이 받는 질문 중 하나다. 엄마는 이 질문을 싫어한다. 물론 나도 그렇다.

엄마는 늘 이렇게 대답한다.

"어떤 나라, 어떤 민족, 어떤 직업인지는 중요하지 않아요. 그저 딸이 사랑하는 남자와 결혼했으면 좋겠어요."

그리고 내게 윙크를 하며 한마디 덧붙인다.

"제가 결혼을 반대해도 맨발로 달려갈 만큼
사랑하는 남자라면 더 좋고요."

존재만으로도 빛이 되는 사람이 있다

2011년 3월 11일, 일본에 대지진이 일어났다.

오후 2시 50분쯤 일본에서 큰 지진이 일어났다는 인터넷 뉴스를 보고 불안한 마음에 바로 엄마에게 전화를 걸었다. 엄마는 땅이 많이 흔들렸지만 괜찮다고 하셨다.

나는 그날 제주도에서 촬영이 있어서 저녁 비행기를 타기 위해 김포공항으로 이동하는 중이었다. 사실 그때까지만 해도 이렇게까지 심각한 상황일 줄은 생각도 못했다. 공항에서 짐을 맡기고 비행기를 기다리는 동안 공항 텔레비전에서 나오는 일본의 비참한 광경을 보고서야 온몸이 떨리기 시작했다.

엄마에게 다시 전화를 했지만, 이미 전화는 불통이 된 상태였다.

언제나 현실보다

자신의 상상이 사람을 더 괴롭게 만든다.

그날은 내가 살아온 인생 중

가장 긴 하루였다.

뒤늦게 겨우 엄마와 통화가 되어 그날의 상황을 물어보니 도로는 물론 대중교통이 모두 마비되었다고 했다. 다행히도 엄마는 회사가 가까워서 지진 후에 바로 집으로 돌아갔고 했다.

엄마는 통화하면서 내게 그날 있었던 이야기를 들려주셨다. 밤 10시가 넘어서 누가 일본 엄마 집 벨을 눌렀다고 한다.

"밤늦게 죄송합니다. 드라이클리닝 배달 왔습니다."

인터폰으로 본 익숙한 얼굴은 세탁소 아저씨였다. 그는 추운 날씨인데도 땀을 뻘뻘 흘리면서 맡겼던 옷들을 가방에서 하나씩 꺼내 엄마에게 건넸다. 오늘 도로가 마비되어 차로 이동이 힘들어 4시간 동안 자전거를 타고 여기까지 왔다고 했다. 이런 날 무리하게 오지 않으셔도 된다고 말하는 엄마에게 아저씨는 오늘까지 옷을 배달하기로 약속했기 때문에 오지 않을

수가 없었다고 말씀하셨다.

책임감 있는 세탁소 아저씨의 이야기를 듣다 보니 문득 타이타닉호에 타고 있던 연주자들이 떠올랐다. 가라앉고 있는 타이타닉 위에서 최후의 순간까지 연주를 했던 8명의 연주가들 말이다. 결국 그들은 모두 사망했고, 악장이자 바이올리니스트였던 하틀리의 시체는 가슴에 악기를 꼭 껴안은 채 얼어붙은 모습으로 발견됐다고 한다.

끝까지 자신의 임무를 완수했던 그 연주가들은
백 년이 넘는 시간이 지난 현재의 우리에게 다시 한 번
자신의 일에 대해 생각하게 만들어 준다.
이런 사람들이 존재했다는 사실이 마음 한켠에
한줄기 빛을 던져 준다.

포기가 울면서 도망칠 것이다

사람이 운이 좋다고 생각할 때는 언제일까. 집에 도착하자마자 비가 내리기 시작할 때, 세일 상품을 마지막으로 샀을 때, 로또에 당첨됐을 때, 아니면 별로 노력하지 않고도 잘되는 사람을 볼 때?

우리는 눈에 보이지 않는 운을 신경 쓰면서 "운빨이 좋다.", "운빨이 나쁘다."라는 표현을 자주 쓴다. 만약 누군가 내게 이세상에 운빨이 존재하느냐고 물어보면 나는 있다고 대답할 것이다. 그리고 덧붙여 말할 것이다. 운빨은 누구나 가질 수 있으면서 누구나 잃어버리기 쉬운 것이라고.

아랍 속담 중에 '운이 좋은 남자를 나일강에 힘껏 때려 박으면 그는 물고기를 물어서 떠오른다.'라는 말이 있다. 운빨 좋은 사람은 최악의 상황이라도 자신은 운이 좋다고 끝까지 믿는다. 운이 좋다고 믿기 때문에 어려운 상황 속에서도 희망을 얻을 수 있고 희망을 얻은 마음으로 좋은 결과가 나올 때까지 노력할 수 있는 것이다.

순간적으로 운이 좋은 사람은 많은데 그런 사람은 그 운을 자기가 만들어 낸 것이라고 생각한다. 하지만 지속적으로 운이 좋은 사람은 사람들 덕분이라고 생각한다.

아프리카에서는 기우제 때 원주민들이 춤을 추는데, 비가 내릴 때까지 쉬지 않고 춘다고 한다. 중간에 비가 내리지 않는다는 생각은 전혀 하지 않고 비가 올 때까지 계속한다. 춤만 추면 비가 내린다면 그것은 '운빨 좋은 사람'이지만 비가 내릴 때까지 춤을 추는 것은 결국(비가 내리니까) '스스로 운빨을 좋게 만든 사람'이 되는 것이다. 운빨이란 핑계 대신 도전을 좋아하고 포기 대신 희망을 좋아한다.

빌딩의 유리를 닦는 사람이 일하다가 사고로 높은 곳에서 떨어졌다. 그 순간 길에 있는 사람에게 자신이 떨어지면 피해를 줄까 봐 공중에서 헤엄쳐 운 좋게 도로 옆 화단으로 떨어져 살았다.

  우리가 끝까지 포기하지 않으면
  포기가 울면서 우리에게서 도망칠 것이다.

무시를 일삼는 사람을 경계하라

친구가 평소와 다르게 너무 화가 나 있었다. 이유를 물어보니 회사 선배가 친구를 혼낼 때 매번 친구가 대학을 나오지 않은 것을 들먹이며 무시한다고 했다.

'맞은 아픔은 언젠가 사라져도 모욕적인 말은 영원히 남는다.'라는 유대인의 말이 있다. 그만큼 사람은 누군가에게 모욕감을 느끼면 부정적인 감정을 오랫동안 간직한다. 살인 사건도 자세히 보면 가해자가 상대에게 무시당했다고 느껴서 일어나는 경우가 꽤 많다.

무시하는 사람과 무시당하는 사람의 관계를 보면 선팅된 유

리창 안에 있느냐 밖에 있느냐와 똑같다. 선팅된 유리창은 안에 있으면 밖이 잘 보이지만 밖에서는 안이 잘 보이지 않는다.

무시당하는 사람은 상대가 어떤 사람인지 잘 보이고, 무시하는 사람은 상대에게 방심하기 때문에 잘 못 본다. 서로 보는 것에 큰 차이가 있는 것이다.

반전 영화로 유명한 〈유주얼 서스펙트〉를 보고 놀란 사람이 많았을 것이다. 주인공 카이저 소제도 그 심리를 잘 이용해 자신을 깔보는 상대를 속이고 자신이 원하는 대로 유도할 수 있었다.

방송 〈미수다〉 시절에 연예계를 잘 모르는 우리를 속이기 위해 '자칭' 기획사 사장님과 유명 피디님이 많이 찾아왔다.(알고 보니 그들은 피디도 매니저도 아닌 그냥 사기꾼이었다.) 나는 그런 사람이 다가올 때 방어 자세를 취하기도 했지만, 일부러 서툰 내 언어 실력과 모자란 모습을 보여 주면서 상대의 모든 행동을 기억했다. 그것은 어떤 사람과 만나도 그 만남을 활용할 수 있는 유일한 방법이었다.

그들은 상대가 나를 속이고 빼앗으려는 존재에서 나에게 '인간'이란 무엇인지 가르쳐 주는 존재가 되었다.

상대방이 자신을 깔보거나 업신여길 때, 그것은 기회다.
상대가 어떤 우월감을 갖고 있다는 것은
동시에 어떤 열등감을 갖고 있는지 가르쳐 주기 때문이다.
사람이 감추고 싶은 약점을 엿볼 수 있는 기회,
그 기회를 통해서 사람을 만난다.

함께하다

배고픈 사람이 있다면 무조건 밥을 줘야지

'딩동!'

"누구세요?"

"안녕하세요. 사유리예요. 밥 주세요!"

한 음식 프로그램에서 〈사유리의 밥상 습격〉이라는 코너를 진행한 적이 있다. 내가 밥그릇 모자를 쓰고 저녁 시간에 무작정 남의 집 초인종을 눌러서 밥을 달라고 하는 콘셉트였다. 처음에는 걱정돼서 몇 번 섭외를 했다.

그런데 초인종을 누르자마자 "사유리 씨, 밥 준비 다 됐어요." 라고 말하시는 게 아닌가. 연출한 티가 너무 나서 결국, 100퍼센트 리얼로 가기로 마음먹었다.

'딩동' 할 때마다 심장이 뛰었다. 인터폰 너머로 집주인의 음성이 들리면 난 당차게 외쳤다.

"배고파요! 밥 주세요!"

촬영은 이렇게 떨리는 마음으로 시작되었다. 가끔 이상한 사람이 왔다고 오해하고(오해가 아닐 수도 있다. 충분히 이상하니까.) 화를 내는 사람도 있어서 언제나 도망갈 준비를 했다. 그래도 종종 문을 열어 준 뒤 밥을 주는 사람이 있었다. 그중에는 방송을 통해 내가 누구인지 알고 문을 열어 준 사람도 있었지만, 날 전혀 모르는 상태에서 문을 열어 준 사람도 있었다.

어느 날, 나물 반찬에 밥 한 그릇을 기꺼이 내주셨던 할머니께 내가 누군지도 모르는데 왜 그렇게 쉽게 밥을 주셨느냐고 여쭤 봤더니, 할머니는 웃으면서 말씀하셨다.

"배고픈 사람이 있다면 누구든 밥을 줘야지."

할머니에게 밥상 나눔은 당연한 일이었다. 그 한마디에 한국 사람이 말하는 '정'이라는 것이 무엇인지 실감했다.

대부분의 집주인은 우리만 먹지 말고 카메라를 끄고 피디와 카메라 감독도 다 함께 둘러앉아 먹자고 하신다. 그럴 때마다 퍼주는 사람은 한계가 없다는 것을 느낀다. 그런 사람은 바닷물처럼 남에게 준 마음도 헤아릴 수 없이 깊고 많다.

암 투병 중에 직접 재배한 유기농 나물 요리 맛을 보여 준 부부, 새벽까지 일을 하는 남편에게 몸에 좋은 반찬을 이것저것 준비한 어머니, 집 옥상에서 여러 가지 채소를 키우면서 촬영하기 싫다고 하는 부인을 설득하다가 귀엽게 투닥거렸던 아버님까지. 밥을 통해 사람의 정을 느낄 수 있었던, 그 어느 때보다 맛있고 배부른 촬영이었다.

인종차별은 영혼의 병이다

얼마 전에 외국인 남자들이 모여서 하는 토크쇼에 게스트로 나갔다. 토론 주제는 차별이었다. 차별에 관한 여러 이야기가 나왔지만 그중에서도 인종차별 이야기가 가장 인상 깊었다. 특히 외국에서 생활하는 사람에게 그 문제는 일상생활에서 피할 수 없는 부분이다.

"인종차별은 영혼의 병이다.
어떤 전염병보다 많은 사람을 죽인다."

남아프리카 최초로 흑인 대통령이 된 넬슨 만델라의 말이다.

사스 같은 전염병이 생기면 사람들은 바로 해결책을 찾는다. 그런데 더 많은 사람을 죽이는 인종차별에 대한 해결책은 빨리 찾지 않는다. 사실 이게 가장 위험한 일이다.

나는 한국에 온 지 10년 정도 됐다. 역사적으로 일본에 대해 부정적인 감정을 가진 사람들이 많은 것은 당연하다고 생각한다. 내가 외국인으로 살면서 느낀 것은 인종차별은 나라와 민족 간의 문제도 아니고 교육 문제도 아니라는 것이었다.

인종차별자는 같은 민족끼리도 차별하는 사람들이다. 학벌 차별, 지역 차별, 부모님의 직업 차별 등 셀 수 없이 많은 차별을 하며 살아간다.

미국의 흑인 정치인인 맬컴 엑스는 차별하는 것은 지배하는 것이라고 표현했지만, 지배를 추구하는 것의 근본에는 공포심이 잠재하는 것이 아닐까 싶다. 남에게 지배받기 싫어서 먼저 지배해야 하는 공포심, 본인과 다른 것을 인정하면 지는 것 같아서 인정하지 못하는 공포심 말이다.

만약 누군가 당신의 어떤 조건을 보고 차별한다면, 그것이 없어진다고 해도 또 다른 것을 찾아 다시 차별할 것이다.

잊지 마라.
피해자는 차별받는 당신이 아니라
조건과 제약에 묶인 상대방이라는 것을.

우리의 미래는 언제나 상상 속에 있다

한때 팔뚝에 살이 많이 쪄서 피부 관리실에서 팔뚝 살을 빼는 시술을 받았다. 팔에 수분 젤을 바르고 거기에 초음파를 맞으면 지방이 분해된다고 했다. 선생님은 이 시술을 받는 동안 몸에서 기계 소리가 나서 많이 시끄러울 수도 있다고 하셨다.

그 선생님의 말씀처럼 몸속에서 '지지지지지지지' 하는 불편한 기계 소리가 들렸다. 하지만 기계를 떼면 아예 사라지는 게 신기했다. 초음파가 피부 속에 들어가서 나는 소리라서 아무리 가까이에 있어도 직접 기계와 닿지 않으면 소리는 나지 않는다고 했다.

소리의 크기가 사람마다 다른지 궁금해서 물었더니 선생님은

"몸에 수분이 많은 사람일수록 소리가 더 크게 들릴 수 있어요."라고 대답하셨다.

나는 과학자가 아니라 단지 상상만 하지만, 만약 자신의 몸속에 있는 수분을 통해 소리를 전하는 기계를 만든다면 청각 장애인들에게도 큰 도움이 되지 않을까. 자신의 몸속에서 아름다운 소리나 음악이 들릴 수 있게 된다면 얼마나 좋을까.

이런 이야기를 전문가가 들으면 바보 같은 상상이라고 말하며 비웃을 수도 있겠지만 이 세상의 모든 발명도 허무맹랑한 상상에서부터 시작했을 것이다. 현실은 언제나 상상 뒤에 따라오니 말이다.

아인슈타인은 "지식보다 중요한 것은 상상력이다. 지식은 한계가 있다. 하지만 상상력은 세상의 모든 것을 끌어안는다."라고 말했다.

1508년에 레오나르도 다빈치는 물이 가득 들어 있는 그릇에 얼굴을 담글 때 물이 각막의 굴절력을 바꿔 더욱 잘 보이게 되는 원리를 발견했다. 이것이 콘택트렌즈의 원조라고 한다. 1508년에 상상했던 것이 몇 백 년이라는 시간이 지나서 현실이 되었다.

이 세상을 더욱 빛나게 하는 것도
이 세상을 더욱 두려워하게 만드는 것도
우리의 상상력에 달려 있다.
우리의 미래는
언제나 우리 마음속에 있으니까.

반찬이 맛있으면 메인 요리도 맛있다

처음 한국에 와서 식당에 갔을 때 반찬을 너무 많이 줘서 무척이나 놀랐다. 내가 식당에서 찍은 사진을 본 친오빠가 "오늘 네 생일이야?"라고 묻기까지 했다.

나는 한국 음식을 많이 좋아한다. 모국이 아닌 다른 나라에 살 때 그 나라를 사랑하는 것도 중요하지만 그 나라의 음식도 그만큼 사랑하지 않으면 살기 어렵다.

음식을 보면 그 나라가 보인다. 아낌없이 내어놓는 반찬과 가득 퍼주는 밥을 보면 뜨겁고 열정적인 한국 사람의 마음을 그대로 알 수 있다.

식당에 가면 엄마 같은 아주머니가 계속 빈 접시에 반찬을 놓아 준다. "우리 식당에 와 줬는데 손님이 배고픈 채 돌아가게 하면 미안하다."라는 말에서 칼칼한 김치찌개보다 더 뜨거운 마음이 느껴진다.

한국 음식을 먹는 것은 사실 한국 사람의 따뜻한 마음까지 먹는 것이나 마찬가지다.

반찬의 어떤 공통점을 알아냈다.

대부분 반찬 하나가 맛있으면 나머지 반찬도 맛있기 마련이다. 나머지 반찬이 맛있으면 메인 요리도 맛있다. 그래서 메인 요리가 나오기 전부터 그 식당이 맛있는 곳인지 아닌지 대충 감이 온다.

비슷한 사람끼리 모이는 것을 '끼리끼리'라고 표현한다. 음식도 역시 끼리끼리 모이는 게 좋다. 맛있는 음식은 맛있는 음식과 함께, 정성을 다하는 음식은 역시 정성을 다하는 음식과 함께.

이것은 사람도 마찬가지다.

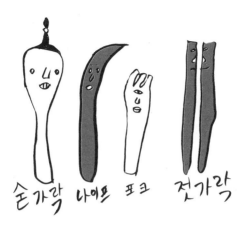

숟가락 나이프 포크 젓가락

당신의 주위 사람들이 좋은 이유는
당신이 좋은 사람이기 때문이다.

스스로에게 부끄럽지 않도록

8월 중순, 이제 막 한강에 도착했는데 이미 내 몸은 땀으로 흠뻑 젖어 있었다. 2012년에 싸이의 '강남스타일'이 유행해서 그것을 패러디하는 '누나는 육식스타일'을 촬영하기로 했다.

〈사유리의 식탐여행〉 방송 코너 중간에 잠깐 들어가는 브릿지 영상이었다.

춤을 잘 추지 못해서 오케이 사인이 날 때까지 몇 차례나 반복해서 춤을 춰야 했다. 트로트 가수가 입는 반짝이 옷이 땀에 젖어 몸에 붙었고, 움직일 때마다 피부를 자극했다.

어차피 이 영상은 방송에 1분도 나오지 않을 것이다. 이미 5시간 동안 춤을 춰서 육체적·정신적으로 한계에 부딪혔다.

"사유리 씨."

누군가 내 이름을 불렀다. 카메라 테이프를 바꾸기 위해 잠깐 시간이 생겼을 때였다. 나는 이름을 부르는 쪽을 쳐다보았다. 거기에 모르는 아저씨가 혼자 서 계셨다.

"사유리 씨가 계속 춤을 추는 것을 보고 있었어요, 열심히 하는 모습 좋아요."

아저씨는 말씀을 마치시고는 구멍 난 바지에서 꼬깃하게 접힌 만 원짜리 지폐 한 장을 꺼내 나에게 내밀었다.

"사유리 씨, 고생하셨으니까 이걸로 이따가 닭볶음탕이나 사 드세요."

나는 아저씨에게 마음은 감사하지만 돈은 못 받겠다고 했다. 그러자 아저씨는 한 번 웃으시고는 내 눈을 똑바로 보면서 말했다.

"사유리 씨가 자기 일에 최선을 다하는 것을 보고 저도 제가 할 수 있는 최선을 다하고 싶어요. 이거 꼭 받아 주세요."

아저씨는 따뜻한 손으로 내 손바닥에 만 원을 내려놓으셨다. 나는 아저씨께 진심을 다해 인사했다.

그리고 마음속으로 말했다.

아저씨. 저는 사실 아저씨가 생각한 것만큼 최선을 다하지 않았어요. 춤을 잘 추는 것보다 반짝이가 거슬려서 아픈 피부를 더 신경 쓰고 있었어요. 방송도 길게 나오지 않는다며 순간순간 최선을 다하지 않은 내 자신이 부끄러워요. 아저씨가 저에게 '최선'이 뭔지 가르쳐 주셨어요.

내 지갑 속에는 아직도 그때 아저씨가 주신 만 원짜리 지폐가 있다. 그 만 원을 볼 때마다 느낀다.

상대가 자신에게
최선을 다하지 않을까 두려워하기 전에
자신이 상대에게 최선을 다하지 않을까
두려워해야 한다.

다름을 존경하는 사람이 진정한 애국자다

일본에서 살 때는 애국심에 대해 한 번도 생각한 적이 없는데, 해외에 나와 살면서 애국심에 대해 생각하게 되었다. 일본의 시인 무로이 사이세이는 '고향은 멀리 있어서 생각나는 것이다'라는 시를 썼다. 사실 멀리 떨어지면 더욱 그리워지는 게 애인과 고향이 아닐까 싶다.

찰리 채플린은 "오늘의 큰 악마는 애국심, 애국심이 큰 전쟁을 초래하는 것이다."라고 말했다.

나는 애국심은 그 차제가 악이라기보다는 애국심을 어떻게 인식하느냐가 더 중요하다고 생각한다. 누구나 자신이 태어난 나라를 사랑하는 것은 자연스러운 일이지만, 애국심이란 이름으로 자기 나라가 무조건 최고라고 외치는 것은 진정한 애국자와는 거리가 멀다고 생각한다.

다른 나라 사람의 입에서 "당신의 나라는 최고다."라는 말이 나올 수 있도록 행동하는 것이 진정한 애국심이 아닐까 싶다.

이목구비가 뚜렷한 우리 아빠는 젊었을 때 푸에르토리코 사람이라고 자주 오해를 받았다고 한다. 그것은 지금도 아빠의 자랑거리다. 아빠는 내게 말씀하셨다.

"다른 나라 사람으로 오해받는 것도 기분이 좋아. 모든 나라의 사람은 아름다우니까."

어떤 사람은 다르게 생각할 수도 있다.

"다른 나라 사람으로 오해받는 것을 좋아하는 것은 본인 나라에 자부심이 없다는 것이 아닌가요?"

나는 이렇게 생각한다. 진정한 애국자는 함부로 다른 나라를 욕하지 않는다. 다른 나라, 다른 인종을 차별하는 발언이 오히려 당신의 나라를 욕보이는 것이 아닐까.

자신의 나라를 사랑하는 만큼 다른 나라도
똑같이 존경할 수 있는 사람이 진정한 애국자다.

독일의 시인 하이네는 말했다.
"어느 시대에도 악인은 자신의 비열한 행위에 종교나 도덕,
애국심을 위한 봉사라는 가면을 씌우려고 애쓴다."
하이네의 말처럼 개인적인 감정으로 종교, 도덕, 애국심을
이용하는 것은 자기 스스로 믿음을 포기하는 것이다. 그 어떤
것도 자신과 다른 상대에 대한 존경 없이는 의미가 없다.

다른 사람에게 정성을 줄수록 더 크게 받는다

예전에 음식 관련 프로그램에 출연한 적이 있다. 맛있는 요리는 물론 식당 주인 분들과 나눴던 맛있는 대화가 소중한 추억으로 남아 있다. 촬영 때 만난 양평 갈비찜 가게의 아주머니가 이런 말씀을 하셨다.

"음식은 화가 나 있을 때 만들면 맛이 없어요. 아마 음식도 사람과 함께 화가 나는 것 같아요. 음식을 만들 때는 항상 즐거운 생각만 해야 해요. 그래야 손님들도 맛있게 먹어 줘요."

그때는 그 말을 무심코 지나쳤는데 시간이 지날수록 내 마음속 깊은 곳까지 뻗어 나가기 시작했다.

함께 김치를 담갔던 할머니의 말씀도 생각난다.

"김치는 손맛이야. 먹어 줄 사람의 기쁜 얼굴을 생각하면서 담가야 맛있어. 김치는 솔직하니까. 짜증을 내면서 담그면 그런 맛밖에 안 나와. 손맛은 결국 마음인 거야."

음식을 만드는 과정이 얼마나 중요한지 알게 됐다. 음식의 맛은 사람의 손, 피부를 통해 사랑을 느끼고 표현되기 때문이다.

식당에서 일하는 분들에게 음식 비법을 물어보면 대부분 "정성!"이라고 대답한다. 처음에는 워낙 같은 대답이 많아 다른 대답을 기대했지만, 지금 생각해 보면 그보다 정확한 비법은 없는 것 같다. 자신의 음식에 정성을 다하는 사람은 음식을 먹는 손님에게도 정성을 다하게 마련이다.

우리는 상대가 자신에게 정성을 다하지 않을까 봐
불안해하고 화를 내고 두려워하기도 하지만
무엇보다 자신이 먼저 상대에게
정성을 다하지 않을까 봐 두려워해야 한다.

왜냐하면 남에게 정성을 다하는 사람은

그 사람 자체로 누구보다

정성을 받을 만한 사람이기 때문이다.

내겐 모두가 선생님이었다

2006년 9월, 나는 슈트케이스 하나만 들고 한국에 왔다. 슈트케이스 안에는 옷 5벌, 엄마가 써 준 편지, 전자사전, 곰돌이 인형, 그리고 앞으로 올 미래가 들어 있었다.

한글을 하나도 못 읽어도 한글 간판을 보면 설레곤 했다. 언젠가는 여기에 적힌 글자를 읽을 수 있게 되리라는 상상만으로도 마음이 두근거렸다.

처음에는 간판에 있는 그림만 보고 대충 무슨 가게인지 파악했지만, 온천 표시만 있으면 찜질방인지 모텔인지 헷갈려서 때를 밀고 싶다고 모텔 프런트에 말해 사람들을 당황하게 만들기도 했다.

어학당 수업이 끝나면 숙제는 꼭 집이 아닌 카페에서 했다. 앞, 뒤, 옆자리의 사람 모두가 한국 사람이었기 때문이다. 숙제를 하다가 모르는 문제가(거의 다 모르는 문제였다) 나올 때마다 주위 사람들에게 물어보면 모두 해결되었다. 길을 걷는 학생도, 시장에서 호떡을 파는 아주머니도, 길에서 만난 수많은 택시기사 아저씨도 모두가 나의 선생님이었다.

식당에서 계산하고 나갈 때 "감사해요."라고 말한 나에게 "제가 감사해요."라고 하셨던 식당 아저씨, 이런 멋있는 한국어를 가르쳐 주셔서 고마워요.

비가 내리는 날 횡단보도에서 우산이 없는 나에게 자신의 우산을 내밀고 같이 신촌역까지 걸어 주셨던 이름 모를 아주머니, 나에게 인간의 깊이를 보여 주셔서 고마워요.

술집에서 내 머리카락 잡아당기며 일본에 돌아가라고 하셨던 옆자리의 술 취한 아저씨, 나에게 인간의 약함을 알려 주셔서 고마워요.

지하철에서 돈을 빌리는 사람에게 주머니에 있는 돈을 꺼내서 준 여학생, 나에게 인간의 희망을 보여 줘서 고마워요.

나에게 희망을 주는 사람도, 나에게 상처를 주는 사람도 나의 소중한 선생님이 되었다.

　외국인은 소수자가 그 사회의 소수자다.
　소수자는 사회적 약자가 되기 쉽다.
　사회적 약자가 되면
　인간을 더욱 깊게 볼 수 있는 기회를 얻는다.

　나는 누구보다 인간을 보고 싶었다. 겉으로 보이지 않는 영혼 구석구석에 닿고 싶었다. 많은 사람을 만나며 나는 역시 인간은 사랑할 수밖에 없는 존재라고 느꼈고 미래를 위해 글을 쓰기 시작했다.

내게 주어진 상황을
어떻게 보고 받아들이느냐에 따라
앞으로의 행복이 결정된다.

사소한 것에서 사소하지 않은 가치를 얻다

남에게 짧지만 귀한 시간을 주는 사람들이 있다. 나에겐 지금까지 만난 택시기사님들이 그렇다. 얼마 전에 삼성동에서 이태원까지 택시를 타고 이동했다. 기사님은 나를 바로 알아보시고 반갑다고 인사하셨다. 처음에는 이런 저런 사소한 이야기를 하다가 압구정을 지나갈 때쯤 기사님이 이런 말씀을 하셨다.

"사유리 씨가 앞으로 한국에 계속 산다면 부탁이 하나 있어요. 전쟁이 끝나고 한국에 있던 일본 사람 대부분이 자기 나라로 돌아갔지만, 그중에 한국 사람과 결혼한 일본 여성 몇 분이 한국에 남는 것을 선택했대요. 그런 사람들은 남편과 이별해 혼자가 되었는데도 일본으로 귀국하지 못했어요. 그런 힘든 사람들을 찾아가서 봉사를 했으면 좋겠어요. 사유리 씨가 같은 일본 여성이라서 그분들도 더욱 기뻐하실 것 같아서요."

그러고는 룸미러로 조심스레 나와 눈빛을 주고받았다.

기사님은 흐뭇하게 웃어 주시고는 또 말씀하셨다.

"저는 사실 예전에 명절 때 저보다 잘사는 친척에게 10만 원짜리 선물을 주고 저보다 못사는 친척에게 5만 원짜리 선물을 줬어요. 반대로 했어야 했는데……. 지금 생각하면 정말 바보 같아요. 제가 그때보다 지금 더 못살게 돼서 처음으로 깨달았어요. 나보다 힘든 사람에게 왜 더 잘해 주지 못했을까 하고. 그래서 이 나이가 돼서 계속 후회가 되네요."

기사님은 진지해진 자신이 쑥스러운 듯 "이제 추워졌네요. 가을이 왔어요."라고 자연스럽게 날씨 이야기로 말을 돌렸다.

나는 날씨가 무척 춥다고 느꼈지만 "기사님 덕분에 마음이 따뜻해졌어요."라고 답했다.

또 다른 기사님 중에 이런 말씀을 해 주신 분이 있다. 내가 택시 운전을 하다 보면 술을 많이 마시고 취한 손님을 만날 텐데, 그럴 때 힘들지 않느냐고 여쭤 보았다. 그러자 기사님은 밝은 목소리로 대답하셨다.

"술에 취해 시비 거는 손님을 보면 마음이 부글부글 끓고 화가 나곤 했어요. 그러다 문득 '왜 부처님이 이런 손님을 나에게 주셨을까'를 생각하다 나의 인내심을 키워 주시는 것이 아닐까 싶었어요. 그때부터 술 취해서 욕하고 시비 거는 손님이 타도 화가 안 나요. 내 인내심이 얼마나 단단한지가 중요한 것이니까요."

한국에는 아직 여자가 혼자 택시를 타면 위험하다는 인식이 남아 있다. 수많은 택시기사 중 몇몇의 잘못된 행동으로 기사님 전체가 욕을 먹어 안타깝다. 만약 잘못된 행동을 한 사람이 있다면, 그건 택시기사가 잘못한 게 아니라 잘못한 사람의 직업이 우연히 택시기사였던 것뿐이다.

나에게
인생을 살아가는 힌트를 주신 사람들은
사소한 곳에서 사소한 인연으로
사소한 시간을 함께 보냈던 사람들이다.
이런 사람들과의 마주침으로
사소하지 않은 것을 얻을 수 있었다.

나는 후회도 사랑한다

사람들은 인생은 한 번뿐이니 후회하지 말라고 한다. 나는 인생이 한 번뿐이니 때로는 후회를 하는 것도 나쁘지 않다고 생각한다. 억지로 후회할 필요는 없지만 모든 후회를 인생의 오점으로 여기고 무조건 부정적으로 여기는 건 안타깝다.

후회는 방어할 수 없는 병과 비슷하다. 오랫동안 조용히 지켜보다가 예상치 못한 타이밍에 툭 튀어나온다. 우리는 그런 상황에 놓이면 꼭 이렇게 생각할 것이다.

"제발 시간을 거꾸로 돌릴 수 있다면……."

  하지만 후회를 하기 때문에 그런 감정이 생기는 것이다. 그 감정이 생기기 전으로 다시 돌아가더라도 고통만 반복될 뿐 사람은 똑같은 실수를 한다.

  사람은 후회를 하면 많든 적든 자신의 인생을 되돌아보는 시간을 갖는다. 그 시간이야말로 앞으로 다가올 더 큰 실수를 방지할 수 있게 도와준다.

  심리학자 빅터 프랭클은 "맞바람이 세면 셀수록 비행기는 높게 날 수 있다."라고 말했다. 거꾸로 말하면 삶이 당신을 높이 이끌어 주려고 후회라는 연료를 주고 있다는 것이다.

화가 고흐는 "후회할 일이 하나도 없다면 인생은 굉장히 공허할 것이다."라고 말했다. 만약 고흐가 한 번도 후회 없이 살았다면 이런 깊이 있는 그림을 표현할 수 있었을까.

후회를 통해 죄책감과 패배감을 느끼고
미래의 결의를 스스로 찾아낸다.
나는 후회도 사랑한다.

모성애는 죽는 순간까지 지켜야 한다

작은 얼굴, 아름다운 미모, 젊음, 충분한 돈, 교양.

여자라면 누구나 한 번쯤 가져 보고 싶은 것들이고, 또 가지고 있다면 그것이 얼마나 자신을 가치 있게 만들어 주는지 알 것이다. 그런데 나는 그것보다 더욱 소중한 것을 할머니를 통해 알 수 있었다.

할머니는 돌아가시기 몇 년 전부터 치매를 앓으셨다. 조금씩 병이 진행되어 처음에는 최근 기억을, 다음에는 친한 사람의 이름을, 또 다음에는 가족의 이름을, 결국에는 당신이 누구인지도 기억하지 못하게 되었다.

언어도 잊어버려 감정을 표현할 방법이 없어지자 할머니의 기억에서 모든 것이 멀어져 갔다. 할머니는 기쁨도, 슬픔도, 감동도, 사람을 사랑하는 방법도 흐르는 시간 속에 놓고 당신만의 세계로 떠나 버렸다.

오랜만에 만난 할머니는 이제 더 이상 내 기억 속의 모습이 아니었다. 할머니는 허공을 바라보는 듯한 표정으로 나를 멍하니 바라보았다. 나는 망가져 가는 할머니의 모습에서 슬며시 눈을 돌렸다.

그때 갑자기 할머니가 내 칠부 셔츠에 손을 뻗었다. 그리고 셔츠 자락을 잡고 천천히 잡아당겼다. 나는 다시 할머니의 눈을 보았다. 할머니는 희미하게 웃고 있었다. 한때 할머니는 내가 멋을 부리면 그렇게 춥게 입고 다니지 말라며 자주 꾸짖었다. 그날도 사라진 기억 속을 헤매는 할머니가 내게 말했다.

"팔이 춥잖아."

할머니는 무의식적으로 예전처럼 말씀하셨다. 당신 이름도 기억하지 못하는 할머니, 식사도 코에 연결된 튜브로밖에 할 수 없는 할머니가 나를 걱정하며 혼내셨다.

여자에게 가장 중요한 것은 미모도, 젊음도, 교양도, 돈도, 지위도, 명예도 아니다. 바로 모성애다. 죽는 그 순간까지 잃어서는 안 되는 것, 그리고 마지막까지 지켜 내야만 하는 것이 바로 모성애 아닐까?

여자로 태어났기 때문에
우리는 죽는 순간까지도
소중한 그 무엇을 간직하고 있는 것이다.

진정한 눈물의 의미를 아는 것이 먼저다

한국에서는 『빙점』이라는 소설로 유명한 일본 작가 미우라 아야코의 또 다른 소설 중에 실제 이야기를 토대로 한 것이 있다.

남편이 전쟁터로 나간 사이 부인은 다른 남자의 아이를 임신해서 낳았다. 그것을 알고 있는 마을 사람들은 전쟁에서 남편이 살아 돌아오면 부인을 죽일지도 모른다고 수군댔다. 얼마 후에 남편이 전쟁터에서 살아 돌아왔다.

그러나 하루가 지나고 일주일이 지나고 한 달이 지나도 싸우는 소리가 들리지 않았다.

마을 사람들 사이에는 '남편이 그 아이를 자기 자식이라고 착각하고 있는 것일까, 아니면 전쟁 중에 며칠간 집에 돌아왔던 것은 아닌가.' 하는 소문이 돌기 시작했다. 하지만 남자는 그 아이가 자신의 아이가 아니라는 것을 알고 있었다.

남자는 전쟁 중에 상관의 명령으로 죄 없는 아이들을 많이 죽였다. 남자는 죽이기 전에 봤던 아이들의 슬픈 눈을 잊을 수가 없었다. 그는 혼자 끊임없이 괴로워했다.

부인이 다른 남자의 아이를 임신해 낳았다는 것을 안 남자는 부인에게 고맙다며 흐느껴 울었다. 설령 다른 남자의 아이라고 해도 한 명이라도 이 세상에 아이를 낳아 준 부인이 고마웠던 것이다.

미우라 아야코는 그 이야기를 통해 자신이 완벽하지 않다고 생각하는 사람이야말로 더욱 남의 실수를 받아들일 용기가 있다는 것을 보여 주려 했다.

"내가 두려운 것은 단 하나, 내가 스스로 고뇌할 만한 가치가 있는 인간이 될 수 있느냐이다."

러시아를 대표하는 작가 도스토옙스키의 말이다.

나는 스스로에게 늘 이렇게 묻는다.
'나에게 주어진 고뇌를 낭비하고 있지는 않은가.
그리고 그 고뇌를 통해 나는 다른 이에게
무엇을 주고 있는가.'

자신과 타인이 흘린 눈물의 양을 비교하기 전에 무엇보다 진정한 눈물의 의미를 아는 것이 먼저다.

　이 세상 모든 완벽하지 않은
　우리을 위해서.

열정, 프로의 다른 말

나는 회사도, 매니저도 없어서 방송국 작가에게서 직접 방송 섭외 연락이 온다. 그 섭외 전화 중에 다른 외국인 친구의 번호를 알려 달라고 할 때도 많다.

누구나 진짜 그런 상황이 되면 결정하기 어려울 것이다. 선택자에게 경쟁 상대를 소개해 주는 것은 그만큼 그 경쟁 상대가 유리해지고 자기 스스로는 목을 조르는 것이기 때문이다. 그렇다면 알려 주지 않는 것이 타당한 것일까?

그때마다 나는 항상 친구의 전화번호를 작가에게 전달한다. 만약 전화번호를 모를 때는 다른 친구에게 물어 전화번호를 알아내 작가에게 전달한다. 솔직히 내가 단지 착하다는 이유만으로 이런 행동을 하지는 않는다.

그냥 성공하고 싶으면 자신의 이익을
철저하게 지키면 되지만,
사람에게 응원을 받으면서 성공하고 싶으면
자신의 이익만큼 남의 이익도
철저하게 지켜야 하기 때문이다.

그래서 작가의 이익과 친구의 이익을 지키는 것은 결국은 나 자신에게도 도움이 되는 것이다. 사람의 응원을 받고 일하는 것과 사람의 응원을 받지 않고 일하는 것은 김치찌개에 김치가 들어가 있는 것과 없는 것만큼이나 일하는 맛이 확 달라진다.

세계적으로 유명한 골프 선수 타이거 우즈는 골프 시합 중에 라이벌이 샷을 할 때도 마음속으로 '들어가!'라고 기도한다고 한다. 그래야 자신도 몰랐던 큰 힘과 승부욕이 생기고, 그것이

곧 골프계 전체가 발전하는 길이라고 믿기 때문이다.

열정을 갖고 뭐든 진심으로 사랑하는 사람은
그것으로부터 열정과 사랑을 얻는다.

당신은 자신의 일에
얼마나 많은 열정과 사랑을 쏟고 있나?

니가 뭔데 아니…
내가 뭔데